HENRI CORDIER

Molière

jugé par

Stendhal

————◇————

A Paris : chez tous les Libraires.

Molière

jugé par

Stendhal

HENRI CORDIER

Molière

jugé par

Stendhal

————◆————

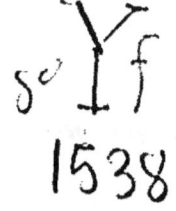

A Paris : chez tous les Libraires.

IL A ÉTÉ TIRÉ

Vingt exemplaires sur papier du Japon

NUMÉROTÉS A LA PRESSE

A MONSIEUR LE VICOMTE

DE SPOELBERCH DE LOVENJOUL

Un Stendhalien à un Balzacien.

HENRI CORDIER.

PRÉFACE

Je n'ai aucun scrupule à dire que l'on a peut-être trop en public, moi tout le premier, parlé de Stendhal. Il en est de Beyle, comme d'autres écrivains qui se doivent déguster à petites doses, et non être avalés à grandes gorgées [1]. Le seul auteur de ce siècle, que notre cerveau puisse absorber sans fatigue, est Alexandre Dumas.

Je viens donc, aujourd'hui, tenir simplement une parole que j'avais donnée en publiant *Stendhal et ses amis* [2], examiner les notes consacrées à notre plus grand auteur comique, par un homme qui n'eut jamais de comique que sa propre personne.

L'opinion d'un homme d'un esprit aussi subtil que l'était celui de Stendhal, sur un observateur profond du cœur humain, tel Molière, ne pouvait manquer d'intérêt et de curiosité pour les gens de notre génération auxquels Beyle

---

[1] « Some *Bookes* are to be Tasted, Others to be Swallowed, and Some Few to be Chewed and Digested : That Is, some *Bookes* are to be read onely in Parts; Others to be read but not Curiously; And some Few to be read wholly, and with Diligence and Attention ». (Bacon's *Essays, Of Studies*).

[2] *Stendhal et ses amis*, Notes d'un curieux, in-4. 1890.

faisait appel [1] ; il nous est bon de savoir comment l'œuvre de génie peut être analysée, retouchée même, par la critique de talent.

Je n'ajoute pas, en publiant aujourd'hui ces notes, un chef-d'œuvre inconnu à notre littérature ; j'apporte de nouveaux matériaux à l'étude de la pensée dans notre pays. Il est utile, il est même nécessaire que chacune des générations qui se succèdent avec des idées et des méthodes différentes, exprime son opinion sur les travaux des hommes de génie qui les ont précédées. C'est de la sorte que, dans l'infini des siècles, de rares noms dominent dans la durée et le cosmopolitisme du monde : Molière, de même que Shakespeare et Gœthe, a survécu ; l'opinion de Stendhal était curieuse à connaître.

Stendhal aurait pu avoir le génie ; il n'eut que le talent qui y confine presque dans certaines circonstances ; il est resté incompris de beaucoup, parce que observateur méticuleux, hardi novateur, il a chevauché aussi bien sur le XVIIIᵉ que sur le XIXᵉ siècle ; Français autant qu'Italien, classique quoique romantique, involontairement ménageant, si je puis m'exprimer ainsi, la chèvre et le chou, tenu par suite pour un extrême par les anciens comme par les modernes, cordialement détesté par les uns, admiré à outrance par les autres, tel est le Stendhal du public ; il reste cependant à étudier un Stendhal *moyen*, type curieux de bourgeois entiché de noblesse, généreux, mais besogneux, source inépuisable de formules nouvelles en même temps que collectionneur des pensées d'autrui (la musique notamment), écrivain profond, mais sans forme (en quoi il se rapproche de Balzac).

J'ai jadis raconté [2] comment mon ami, M. le vicomte de

---

[1] *Stendhal et ses amis*, p. 2.
[2] *Stendhal et ses amis*, p. 17.

Spœlberch de Lovenjoul, m'apporta un jour un *Molière*, publié
en 1814, chez Nicolle, en 6 volumes in-8, annoté par Petitot.

C'est ce *Molière*, qui contient beaucoup de notes manuscrites de Stendhal, que je donne aujourd'hui ; j'ai mis dans
cette introduction non seulement des notes tirées de cet exemplaire, relatives à Molière, et traitant de différents sujets, mais
aussi un certain nombre de documents inédits

.\.

Je ne reviendrai pas une fois encore sur l'infortuné Petitot ;
je me contente d'indiquer maintenant quelques-unes des
phrases amères dont son ombre a dû être poursuivie.

Ce pauvre Petitot, s'il avait pu connaître les aimables
remarques de son lecteur, aurait dû être animé d'une dose
plus qu'humaine de modestie. J'ai déjà relevé quelques-unes
des épithètes que Stendhal jetait à la tête de Petitot; en voici
un nouveau choix, non moins significatif :

Quelques remarques du vol. V, de Molière :

« Le despotisme de Nap. (oléon) fesait que les plats comme P. (eti-
tot) tiraient sur les idées libérales et les philosophes. »

(P. 83.)

« Plate bête ! »

(P. 85.)

« Est-on plus bête ? »

(P. 89.)

« Ce Petitot passe le dernier degré de la sottise. »

(P. 184.)

Quand il parle de *Sganarelle ou le Cocu*, Petitot n'est pas
plus heureux[1] :

[1] *Molière*, I, p. 426.

« Quel sot, comment connait-il les sentiments de Molière, autrement que par son dire. Feseur de Roman à 6 fr. la feuille. »

« Nigaud » de Petitot ! l'absence de financiers, dans Molière, amène cette boutade [1].

« Chamfort, je crois, dont ce nigaud eût dû réimprimer l'éloge, dit que Molière eut là-dessus des ordres de Colbert. »

Dans le volume I, du *Molière*, à propos de la *Vie de Molière*, ô infortuné Petitot !

« Au contraire, sot. »

(Page 6.)

« Plat écrivain. »

(Page 21.)

« Quelle lourdeur de collège, pensées bourgeoises, les pensées de Johnson, le stile de Me Dudeffand. »

(Même page.)

« Qu'en sais-tu, bête ? »

(Page 28.)

Voici « le pauvre diable », lorsque Petitot parle des *confesseurs* et de l'*hypocrisie* [2] :

« On peut se représenter la société perfectionnée du XIXe siècle comme un toit couvert de tuiles à crochets. Un auteur qui ne veut pas tomber à tous momens dans le genre officiel doit garder l'anonime. Voici ce pauvre diable (Petitot), rabaissé encore dans son petit vol, par l'Université dont, je crois, il est membre. Un auteur franc est une tuile renversée en sens contraire, il nuit à la régularité du toit et s'expose à être inquiété. »

.·.

Stendhal, qui avait l'habitude d'éparpiller ses notes sur tous les feuillets de papier et de livres qu'il rencontrait, n'a pas laissé, je crois, un seul ouvrage sans de nombreuses

[1] *Molière*, I, Disc. prél., p. xxx.
[2] *Molière*, I, Disc. prél., p. xliv.

variantes. Il en est de *Molière* comme de ses autres livres ;
une des causes de mon retard dans la publication actuelle,
c'est que j'ai voulu examiner à nouveau un manuscrit de Grenoble avant d'imprimer cet opuscule. Je donne donc, à la suite
du *Molière* de M. de Spoelberch, mes observations sur le
manuscrit de Grenoble.

Enfin, comme l'appétit vient en mangeant, j'ai cru devoir
terminer cette introduction par l'examen d'un volume annoté
par Stendhal, que m'a donné un de mes amis, et en publiant
différentes pièces encore inédites, de notre auteur ou le con-
cernant.

I

Molière était l'objet constant de l'étude de Stendhal ; l'exemplaire du *Molière* appartenant à M. de Spoelberch a été pour
Stendhal un prétexte pour réunir grand nombre de ses
réflexions faites en réalité d'après l'édition stéréotype de Didot.
Les feuillets contenant les notes manuscrites furent reliés
dans l'édition publiée en 1814 chez Nicolle, en 6 volumes
in-8 annotés par Petitot. Ce qui prouve que la reliure fut
exécutée après l'annotation, c'est que certaines lignes sont
coupées, par exemple dans le tome I, p. 1, *Vie de Molière*, et
que les derniers mots de certaines lignes sont illisibles parce
que les feuillets sont pris dans la couverture ; d'ailleurs
Stendhal utilisa beaucoup d'éditions de *Molière*, car à propos
de celle de Nicolle, il en dit : « For the sight, édition plus
nette que la mienne de 1804. »

J'avais déjà marqué dans *Stendhal et ses amis*, p. 18, les raisons[1]
qui prouvent que l'exemplaire a été relié pour Beyle lui-
même ; mais ce qui en fait encore le grand intérêt, ce sont

[1] Par exemple le dos des volumes est marqué en queue H. B.

les nombreuses notes ajoutées après coup, relatives, soit à Stendhal lui-même, soit à Molière, soit à l'infortuné commentateur de notre poëte comique, Claude-Bernard Petitot.

Si l'édition du *Molière* de Nicolle appartenant à M. de Spoelberch renferme quelques notes marginales, les remarques des feuillets liminaires sont tirées de l'édition stéréotype de Firmin Didot, 1799 [1].

Les pièces dont nous publions les notes se trouvent dans les volumes suivants :

(Bibliothèque nationale, Inventaire 2, 825 — Y + 5520, C. 7/14).

II

NOTES MANUSCRITES DE BEYLE

RELATIVES A MOLIÈRE

TIRÉES DE L'EXEMPLAIRE DE M. DE SPOELBERCH

PRINCIPE GÉNÉRAL TRÈS PROPRE A DÉCIDER LA QUESTION ENTRE MOLIÈRE ET SHAKESPEARE [2]

Pour peindre un caractère d'une manière qui plaise pendant plusieurs siècles, il faut qu'il y ait beaucoup d'incidens qui le prouvent et beaucoup de naturel dans la manière d'exposer ces incidens.

(4 January 1815, mad by Love ; je...)

[1] Œuvres de J.-B. Poquelin de Molière. — Edition stéréotype d'après le procédé de Firmin Didot. A Paris, de l'imprimerie et de la fonderie stéréotypes de Pierre Didot l'ainé, et de Firmin Didot. An VII, 1799, 8 vol. in-18.

[2] *Molière*, V, feuillets de la fin.

24 août 1816, minuit 1/4.

DU COMIQUE DE SHAKESPEARE[1]

La gaîté folle et charmante des jeunes filles n'est pas la même chose que le *Rire*. Pour la jeune fille folâtre, chaque sensation est un nouveau plaisir et excite une surprise agréable qui fait naître le Sous Rire. Si elles sont plusieurs, le Rire devient un effet nerveux et elles s'ennivrent de leurs propres cris. Shakspeare nous présente des personnages animés de cette gaîté du bonheur, tel est Gratiano, tel est Jessica[2].

Loin de *rire d'eux* nous simpathisons avec un état si délicieux. Pour faire naître cette douce illusion, il employe souvent l'artifice de Métastase. En ce sens il est tout naturel qu'une âme tendre qui ne se laisse pas rebuter par l'ignoble, préfère le Roi de Cocagne au Misantrope. Les justes sujets de plainte d'Alceste sont le fil funeste qui le rapelle à la terre. C'est exactement ce que nous avons tous éprouvés à 12 ans quand lisant des comédies en cachette, nous ne cherchions dans la comédie que le Roman (d'amour).

Ces sentimens sont fort vrais, mais on ne doit pas les apeller jugemens pour la comédie quand il est évident que qui se berce de ces illusions ne peut pas sentir la comédie.

8 décembre 1809.

On pourrait faire une espèce de traduction des *Précieuses ridicules*, dans les mœurs et dans les termes d'à présent qui étonnerait bien le monde. Le ton sentimental serait un des principaux topiques, en un mot, les gens qui mettent la mémoire à la place de l'esprit.

Juin 1810.

La comédie des *Précieuses ridicules*, pleine de couleur vigoureuse-

---

[1] Je n'ai pas besoin de rappeler que Shakespeare fut l'objet d'études spéciales de la part de Stendhal et que le nom de l'illustre poète se retrouve sans cesse sous la plume de notre auteur qui faisait toutefois des erreurs : ainsi p. 107 de notre volume il parle de *Lolbario* (une faute d'impression en fait *Lolbaric*) dans le *Merchant of Venice* qui ne s'y trouve pas, mais bien *Antonio*.

[2] *The Merchant of Venice.*

ment empâtée, modèle de coloris, bien loin de Van der Werff = Collé. c'est un tableau du Titien [1].

8 mars 1816 [2].

Chaque homme de génie doit brocher pour soi une poétique ou un commentaire de Molière.

Mais pour les autres, à quoi cela est-il bon?

A rien, absolument à rien : qu'un sot croye en Helvétius ou au cathéchisme, il n'en est pas moins également sot [3].

Mais si Collé eût lu jeune ce commentaire, peut-être eût-il fait quelque bonne comédie de plus.

Un poète comique est un Collé greffé sur un Machiavel.

A propos des *Femmes savantes* [4] :

MODÈLES DANS LA NATURE

Julie d'Angenes.
Mme Dacier.
Mme de Genlis.
Mme de Staël.

IMITATIONS POÉTIQUES

Miss Batemann ou la Rosamonda dans *Vivian*, par miss Edgeworth.

A propos des *Amants magnifiques* [5] :

« 9 août 1816. Excellens matériaux pour la peinture de la Cour de Louis XIV. Ils ont de l'agrément, ils ont même du comique, et il n'y manque que de l'intérêt pour ôter la langueur. L'histoire du devin Anaxarque est même fort hardie contre la Religion. »

[1] *Molière*, II, à la fin.
[2] Cette note est tirée de la dernière feuille de garde du vol. IV, du *Molière*.
[3] Écrit au crayon.
[4] Note tirée du vol. VI, du *Molière*, p. 114.
[5] Note tirée du vol. V, du *Molière*, p. 195.

Décidément 1813 marque une date fatale dans la vie de Stendhal :

« J'arrive enfin à Milan le 7 septembre 1813 », dit-il[1].

Il est amoureux de la comtesse Simonetta, ce qui ne l'empêche pas d'écrire dans le même manuscrit :

« Plus je vis, plus je vois que dans notre affaire (la Comédie en vers) Molière seul est classique. Son coloris est déplaisant pour moi, mais la force du comique et le bon sens me ramènent à lui[2]. »

Mais il faut dire qu'il revenait de sa campagne de Silésie.

Et dire que l'élève Henri Beyle obtint à l'école centrale du département de l'Isère, dans la deuxième division, le 29 fructidor an VII, un premier prix de mathématiques dont le certificat nous a été conservé[3].

III

NOTES DIVERSES MANUSCRITES DE BEYLE

TIRÉES DE L'EXEMPLAIRE

DU MOLIÈRE

« Voici un systeme of comedy qui me fut dit par Myselft [sic] en août 1810[4].

ART DE FAIRE DES COMÉDIES

Avant de faire un plan, arrêter les caractères de chaque person-

[1] Grenoble, vol. XI, et *Journal*, p. 440.

[2] Grenoble, *Ibid.*

[3] Grenoble, R., 5896.

[4] *Molière*, II, feuillets de la fin.

nage. Écrire et numéroter les actions des personnages ridicules qui
sont de deux genres :

1º Situation comique.

5º Situation prouvant le caractère.

Les meilleures sont celles qui comiques pour un des interlocu-
teurs peignent en même tems d'une manière forte le caractère de
l'autre interlocuteur :

Les situations des personnages intéressans ne sont que d'une sorte,
peignant leur caractère.

Les meilleures sont celles qui mettent l'interlocuteur du personnage intéressant, dans une situation comique ;

. . . . . . En comédie, on ne peut pas dessiner avec un trait noir,
comme on fait dans le Roman,

Dans le Roman, en traitant ce sujet, je décrirais le caractère de
Saint-Bernard, par exemple, en dix lignes, mais en comédie il *faudrait le faire conclure de ce qu'on voit.*

C'est-à-dire qu'on ne peut faire voir de contour que par l'opposition de deux couleurs :

A et B.

Or il faut avoir de la place pour les couleurs A et B. Comment
faire rire de Vigier faisant l'important, si l'on n'a pas vu qu'il n'est
mêlé dans aucune affaire importante ?

                                   Moscou, 1ᵉʳ octobre 1812.

UNITÉ DE LIEU

Loi bête, imposée par un public bête, et qui heureusement se contente des plus grossières apparences. Voyez *Cinna*, et les salons communs de toutes nos comédies.

LA PLAISANTERIE[1]

Que feriez-vous, Monsieur, du nez d'un Marguiller ? Il me semble,
entre nous, que vous n'insistez pas. (Sistèmes par Voltaire) est une
absurdité supposée mais que le spectateur ne croit pas ; c'est l'image

[1] *Molière.* I, p. 72.

de quelque chose d'absurde présenté à son imagination, non pas comme une chose réelle et dont il rit d'autant plus que son jugement l'avertit moins haut que c'est une absurdité, une supposition. (Myself sans nulle vanité.)

le 16 février 1813.

LE RIRE [1]

1

On rit par une jouissance d'amour-propre fondée sur la vue *subite* de quelque perfection que la faiblesse d'autrui nous montre en nous (Mis le 18 nov. 1815 dans s⁴).

2

Pour peindre un caractère d'une manière qui plaise pendant plusieurs siècles, il faut qu'il y ait beaucoup d'incidens qui le prouvent, et beaucoup de naturel dans la manière d'exposer ces incidens (4 janvier 1815) [2].

Hobbes in is *(sic) Discourse on Human nature sais (sic)* :

« La passion du Rire n'est autre chose qu'un soudain effet de l'amour-propre excité par une conception plus spontanée encore de notre mérite personnel comparé aux défauts des autres, ou avec ceux que nous pouvons avoir eu nous-mêmes autrefois ; car nous rions aussi de nos propres pensées, quand elles se présentent tout-à-coup à notre esprit ; excepté lorsqu'elles sont accompagnées actuellement de quelque idée déshonorante [3] ».

Voilà la lumière qui sortie d'un petit in-12 de la Bibliothèque nationale m'éclaira soudainement vers l'an 1803.

[1] Tiré des feuillets de la fin du vol. I, du *Molière.*

[2] Répétition de Stendhal, voir p. VI.

[3] Voici une variante du même passage tiré du vol. I, de *Molière,* p. LXXXII : « Hobbes, D⁵ *sur la nature humaine,* dit :

« La passion qui excite à rire n'est autre chose qu'une vaine gloire fondée sur la conception subite de quelque excellence qui se trouve en nous par opposition à l'infirmité des autres, ou à celle que nous avons eue autrefois car on rit de ses folies passées, lorsqu'elles viennent tout d'un coup dans l'esprit, à moins qu'il n'y ait du déshonneur attaché. »

Le *Spectateur,* t. I. Discours XXXV.

Ces lignes contiennent l'idée première des deux essais sur le Rire écrits par Stendhal à la date de 1823 et insérés l'un dans *Racine et Shakespeare*, l'autre dans les *Mélanges d'art et de littérature*. Ce dernier essai commence ainsi :

« Qu'est-ce que le rire ? Hobbes dit que cette convulsion des poumons et des muscles de la face est l'effet de la « vue imprévue et bien claire de notre supériorité avec un autre homme ».

J'avoue que je trouve que cette définition du Rire adoptée et défendue par Stendhal fournit à l'essai un point de départ absolument faux. Le rire peut quelquefois avoir pour origine une perception imprévue et claire de notre supériorité, mais l'effet de cette supériorité produit souvent un résultat opposé. Exemple : un gamin m'écrase les pieds dans la rue ; je lui frotte vigoureusement les oreilles, ma supériorité est ici incontestable et bien claire, son effet était imprévu, l'enfant ne rit pas, il pleure ; je ne ris pas davantage. Les pleurs sont amenés souvent par le même effet, soit moral, soit physique, qui provoque en d'autres circonstances le rire. La chose est si vraie que l'on passe souvent pour la même cause des larmes au rire et du rire aux larmes. L'imprévu n'est pas non plus une des conditions absolues du rire. Je ris autant du jeu de Coquelin dans les *Précieuses ridicules* aujourd'hui que jadis. Quand nous allons voir Daubray ou Alice Lavigne au Palais-Royal, le rire qui accueille ces amusants artistes n'a rien d'imprévu. Je dirai plutôt que le rire a pour caractéristique la *spontanéité* et pour cause la *perception* par l'un des sens ou par l'esprit d'une chose ou d'une idée en dehors des habitudes ordinaires de la vie physique ou intellectuelle. C'est dire que les causes du rire varient non seulement suivant l'individu mais aussi suivant le pays. Je ris lorsque des sauvages font des contorsions devant leurs idoles ; ils se tordent plus encore lorsqu'ils m'aperçoivent en habit noir, avec la cravate blanche et le chapeau de soie.

.·.

Petitot est pris à parti dès le début du *Discours préliminaire* : « Molière est admiré sans qu'on apprécie bien toutes ses beautés. » et qu'il n'a pas cité Hobbes et son morceau :

« Serait-il indiscret, écrit Beyle, de désirer que ce sot eût le mérite de son état ? qu'il fût un compilateur exact et eût imprimé le morceau de Hobbes sur le Rire, et le discours XXXV du *Spectateur*, la page de Saint-Lambert sur Molière, l'éloge de Molière par Chamfort, quelques phrases de Duclos, chap. IX (ce chapitre IX de Duclos n'ajoute rien à la science. Il ne se doute pas même de l'idée de Hobbes. Ce sont des raisonnements en épigrammes tous dans la conversation ; dans la science, cela fait un peu l'effet de l'histoire romaine en madrigaux), le morceau de Voltaire cité par Cailhava, I, 474, quelques alinéas de Collé, *Mémoires*, quatre ou cinq articles de Marmontel. »

« PLANA [1] et moi avons ri comme des coffres en 1800 aux trois ou quatre premières lectures des *Femmes savantes ;* aujourd'hui Henri et moi n'y rions plus parce que nous avons l'ambition de raisonner sur Molière, voire même de faire de bonnes comédies (ce qu'à Dieu ne plaise !) : lorsque j'assiste à la représentation de pièces des petits comiques, je ris beaucoup plus parce que je m'abandonne à l'impression et que dès les premières scènes je vois qu'il n'y a rien à gagner Ainsi au *Jaloux sans amour* où il n'y a que deux pauvres petites plaisanteries, j'ai ri de manière à scandaliser le vicomte pessimiste [2]. »

                                        10 avril 1814.
                              (SEYSSINS?)

« Encor Paris le 24 mai 1811 [3]. » (1815)

« Tu ne perds rien à n'être plus au courant de notre Littérature ; on ne voit que Pamphlets politiques, mais il n'y en a pas de bon. Je suis beaucoup allé aux Français : Mars est toujours divine, mais pour le reste et même pour Fleury je me demande s'il a été bon et si son talent n'est point une illusion de notre brillante jeunesse. N'a-t-il pas dit, l'autre jour, dans *Don Juan* la tirade de l'hipocrisie avec toute la chaleur et toute la sainte indignation d'un honnête homme ? n'a-t-il pas été applaudi par Mlle Mars même à côté de qui j'étais ?

« A propos de *Don Juan*, j'en demande mille pardons à Shleghel (*sic*) et à Mme de Staël, dont le fils te porte cette lettre jusqu'à Coppet, mais je trouve que ce n'est point la meilleure pièce de Molière, ainsi

[1] « Plana comme Alfieri, je crois, méprise toute la canaille ; moi enfin, qui lirais bien dans mon caractère, verrais que toute ma *politique* est *allacala* ». (*Journal*, p. 228).

[2] Cette note est tirée des feuillets blancs de la fin du vol. VI, du *Molière*.

[3] Cette note est tirée du vol. III, du *Molière ;* la date est mal écrite : probablement 1811, parce que la page suivante est marquée 1811; mais peut-être 1815.

qu'ils le prétendent ; il n'y a point de comique, ou, au moins, très
peu. Le Caractère y est assez en action, mais pour le Libertinage
seulement. Or, qu'est-ce que ce Libertin offre de comique ? Il n'est
trompé dans ses plaisirs que par la mort. Cela n'est pas gai ».

SEYSSINS[1].

IV

LE *MOLIÈRE* DE GRENOBLE

Je marquais, dans *Stendhal et ses amis*, p. 12, comme exis-
tant dans les manuscrits de notre auteur, conservés dans la
bibliothèque de la ville de Grenoble : « une série de 28 volumes
dans une reliure uniforme en demi-veau vert, tous les formats
depuis l'in-folio jusqu'à l'in-12 », sous la cote R. 5896.

Le *Molière* est le volume 18 de cette série qui est ainsi
désigné sous le n° 958, p. 288, du *Catalogue général des Manuscrits des Bibliothèques publiques de France*, GRENOBLE : « Commentaires sur Molière et sur plusieurs de ses comédies,
« Novembre 1813. — 138 feuillets, 248 sur 280 millim. [2]. »

J'ai examiné à nouveau cette année (août 1896) ce manuscrit, qui renferme des pièces in-4 et in-folio dont voici l'inventaire :

— F. A. *recto* :

No. 12.

*Commentaires sur Molière, et sur plusieurs de ses comédies, no-
vembre 1813.*

On Comedy.

[1] Beyle lui-même.

[2] Ministère de l'Instruction publique et des Beaux-Arts. Catalogue
général des manuscrits des Bibliothèques publiques de France — Départe-
ments — Tome VII — GRENOBLE. Paris, Plon, 1889, in-8, pp. LX-802 +
1 f. n. ch. p. l'er.

8 décembre 1813.

— F. A *verso* et F. B., blancs.

138 feuillets chiffrés :

I

— F. 1

Commentaire sur les Femmes savantes.

C'est-à dire, idées que eues en lisant cette Comédie, dans l'intervalle de mes R. V, les 2, 3 et 4 novembre 1813,

. Tome 3 ¹ de l'éd⁰ⁿ stéréotype de Didot.

— F. 2. *recto.* Ne commence qu'à la p. 125 de ma publication :

« .....Il faut approuver mon dessein. »
« Enfin l'intrigue......, etc... [jusqu'à] vétusté. »

Puis le manuscrit continue comme le mien, Acte IV, etc., voir p. 126 :

« Armande devient odieuse. »

D'ailleurs le f. était numéroté par Stendhal *61* ; il manque donc les ff. 1-60 au manuscrit.

— F. 2. *verso :* N'a *pas* (voir ma page 129) :

« Allons, monsieur. »

mais il porte

On en rit.

— F. 3. *recto:*

¹ Lire vol. VIII.

b

RÉFLEXIONS GÉNÉRALES

Elles finissent au verso du f. 5 avec :

« Place à l'Institut. »

Qui se trouve p. 133 de ma publication ; le f. 6 est blanc ;
le f. 7 reprend avec

« Il y a des arts »

à la p. 133 et va jusqu'à la fin de la p. 134 de mon livre :

« L'empereur par Canova. »

Ce manuscrit, qui est de la main de Stendhal, est donc
moins bon que le mien, qui paraît être une copie définitive.
— F. 8 *recto* : Reprise des notes du premier acte qui
devraient précéder le f. 2 *recto*.
— F. 10. *recto* : Nous retrouvons, daté « 2 9bre 1813 » jusqu'au 11 *verso* l'introduction :

« Si vous lisez une comédie. »
jusqu'à la fin

« Passons à l'examen détaillé de la pièce. »

Ceci montre, comme je le disais plus haut, que ce manuscrit est moins bon que celui de M. de Spoelberch et qu'il pêche
par un texte encore incomplètement revu, ainsi que par faute
de soin et de connaissance du relieur.

II

— F. 12 *recto* — F. 15 *recto* :

4 9bre 1813, *les Fourberies de Scapin.*

III

— F. 16 *recto* : } Reprise des observations sur les *Femmes savantes* (3 9ᵇʳᵉ 1813).
Acte 2.

— F. 18. *recto :*   Acte 3.
Le relieur a fait une vraie salade.

IV

— F. 20. *recto* et *verso :* Diverses phrases jetées au courant de la pensée.

« To send to Gina from Paris
un ex. des *Chiamati parlanti*, 3 vol. in-8°
le *La Harpe* d'Auger. »

V

— F. non numéroté [20 bis] Manuscrit.

Fin du Commentaire sur *George Dandin.*

8 9ᵇʳᵉ à Milan.

— F. 21-34 : Notes sur *Dandin*, feuillets également transposés.

VI

— F. 35. *recto :* Notes sur le *Tartuffe.*

« Milan from the 9th till the 11th november 1813.
Fait à Milan du 9 au 11 novembre 1813 »

Continue le *Tartuffe* jusqu'au f. 49 *recto.*

VII

— F. 50. *recto :*

No. 25, M. V. D. M.

« Voyage à Brunswick, écrit en avril 1808, après un séjour de 16 mois dans le pays, y étant arrivé le 13 novembre 1806. »
« Suite d'Observations sur les lieux, les auberges, les habitudes, l'aspect du pays, &c.
« Le chapitre 3, intitulé :
Etat politique, mœurs,
est resté inachevé ;
Style simple, clair.
Rien qui se rapporte directement à la biographie de l'auteur[1]. »

— F. 51. *recto :*

13 avril 1808. VOYAGE À BRUNSWICK, « Je suis arrivé le 13 Novembre 1806 dans un petit pays de 200 mile habitans célèbre par son prince. Le duché de Brunswick etait ce me semble le plus connu de toutes les petites principautés de l'Allemagne... »

Va jusqu'à *74 verso.*

VIII

— F. 75 *recto : La Comtesse de Savoye,* 20 novembre 1820 jusqu'au f. 90 *recto.*

IX

— F. 91 *recto* — 103 *recto : Misanthrope.*

X

— F. 103 *recto : Les Géorgiques.*

« Traduites mot à mot Brumaire an 11. »

XI

— F. 107 *recto* — 110 *recto :* Notes sur le *Misanthrope* 31 Xbre 1813.

[1] Ecriture de P. Mérimée.

XII

— F. 111 : Remarques sur le Plan du 27 germinal 11.
La pièce des *Deux Hommes*, cf. *Stendhal et ses Amis*, p. 110.

XIII

— F. 112 *recto* à 133 *recto* : diverses pièces dont (f. 113) la copie de la traduction partielle du premier livre de l'*Iliade* de Lebrun ; lire f. 125 *verso* la consultation du médecin de Stendhal et f. 125 *recto* les réflexions de Stendhal, 30 juin 1817 :

« Tout le mal est pletore, et stagnation du sang dans le côté du cœur »...

XIV

— F. 134 — 138 blancs.

V

Volume de M. Alfred MAYRARGUES
ELEMENTARI SULLA POESIA

Il y a quelques années, mon ami M. Alfred Mayrargues, auteur d'un travail estimé sur *Rabelais*, voulut bien m'aider à compléter mes documents sur Stendhal, en m'envoyant un volume qui porte sur la mauvaise reliure de son dos le titre que je transcris ci-dessus. Le livre était accompagné de la lettre suivante :

V. d'Avray, samedi.

Cher ami, en arrivant à V. d'Avray, j'ai pratiqué des fouilles dans ma bibliothèque, voici donc le volume de Stendhal ; vous trouverez : 1° une lettre que m'écrivait à Rome le capitaine Bazouin, commandant la place de Civita-Vecchia, en 1865 il m'avait présenté à Civita-Vecchia à l'archéologue *Bucci*, ami intime de Stendhal ; le Bucci était des plus charmants.

2° Deux notes du signor Bucci à moi adressées avec le volume annoté par Beyle — dossier complet. — Le tout vous appartient, cher ami, par droit de conquête et d'amitié.

Cordialement à vous et encore merci.

Alfred MAYRARGUES

Voici la lettre du capitaine Bazouin.

Civita-Vecchia, le 25 mars 1865.

Cher monsieur,

Je n'ai pas oublié le désir que vous m'avez manifesté, avant votre départ, d'avoir quelques autographes de Stendhal. — Je me suis fait votre interprète près de M. Bucci, l'antiquaire chez lequel je vous ai conduit.

M. Bucci a beaucoup regretté que vous n'ayez pu lui consacrer que quelques instants, il vous aurait montré tout ce que son ami lui a légué par testament.

Quoi qu'il en soit, M. Bucci sort de chez moi à l'instant et il m'a prié de vous envoyer l'ouvrage ci-joint en cadeau. Ce brave homme a eu le bon esprit de transcrire toutes les annotations de Stendhal sur le papier ci-joint.

Je ne sais si M. Bucci est dans l'intention de se défaire des autres ouvrages légués par Stendhal; je n'ai pas osé aborder cette question qui me paraît très délicate.

Je serais heureux d'apprendre que ce volume annoté vous a fait plaisir et, dans le cas où je pourrais vous être agréable en quoi que ce soit, je vous prie de disposer de moi.

M. Bocher va un peu mieux, je compte le voir mardi soir, il m'annonce sa venue à Civita pour recevoir un ami, mercredi matin.

Amitiés dévouées à M. le Baron.

Mes hommages très respectueux à Madame la baronne Salomon [de Rothschild].

Croyez-moi, toujours, cher monsieur,

Votre bien dévoué

BAZOUIN.

Le recueil factice, qui porte le titre : *Elementari sulla Poesia*, comprend six pièces dont les deux premières en italien et les

trois dernières en anglais. Nous allons passer successivement
en revue les notes qui accompagnent ces pièces. Les annotations de M. Bucci offrent beaucoup de variantes avec celles
que je donne aujourd'hui ; la lecture de l'archéologue de
Civita-Vecchia me paraissant souvent fautive.

Au verso de la reliure :

• *Hamlet*
      33 and 36

My author two pages feraient une bible. Ma [*illisible*]
                              close itself seem me damp in speaking
of my   of the bishop of Quentin
Durward
                              5 janvier 1830. •

Sur le recto du faux-titre :

« 2 RÈGLES

IIAIIII

Des détails l'auteur ne doit
pas | malin vaniteux | se
prodiguer.
          LA BRUYÈRE

Phrases à la La Bruyère
pour faire avaler aux gens
secs la narration destinée
à toucher.
Comment *toucher* un
homme de 60 ans as* ? »

Sur le verso du faux-titre :

« the matin ?
impossible sans
              12000
au petit et très petit pied »

« *Définition.*
     Le Français
Être vain et vif souvent
picoté par l'envie.

Hist. de la Peinture 1817. »

Sur le titre de la première brochure :

« to M. Beyle [2]. »

La seconde brochure [3] ne contient qu'une note au bas de la dernière page, mais cette note au crayon est une épitaphe et elle est intéressante à rapprocher de celle qui se trouve au cimetière Montmartre :

Épitaphe :

QUI GIACE
ENRICO BEYLE MILANESE
FU A MOSCA NELL 1813 [4]
VISSE, SCRISSE, AMÒ
VENERO CIMAROSA, MOZART [5]
ET SHAKSPEARE
MORI DI... ANNI NEL 18...

M. Bucci marque dans sa transcription que : « Cette épitaphe subit une modification par son testament du 28 septembre 1840, déposé, pour minute, à M. Julien Yves, notaire

---

[1] Idee elementari sulla poesia romantica esposte da Ermes Visconti. — Milano, 1818. Dalla Tipografia di Vincenzo Ferrario, in-8, pp. 61 + 1 p. n. ch.

[2] Écriture de Beyle.

[3] Dialogo di Ermes Visconti sulle unità drammatiche di tempo e di luogo — Milano, 1819. Dalla Tipografia di Vincenzo Ferrario, in-8, pp. 31 + 1 p. n. ch.

[4] En réalité il y fut en 1812.

[5] Bucci lit *Byron*.

à Paris, comme on la voit sur son tombeau au cimetière [*sic*] de Montmartre[1], savoir :

> ARRIGO BEYLE
> MILANESE
> VISSE SCRISSE, AMÒ
> SE NE ANDIEDE
> DI ANNI...
> NEL 18..

Il recommandait de n'y ajouter aucune platitude élogieuse. »

La troisième brochure est une édition de *Hamlet*[2] au bas de la p. IX.

« Très bien

30 7bre 1832.
Anniversaire
del Giardino »

A propos d'une note qui ne me parait pas s'y rapporter.
P. 24, le vers,

Like quills upon the fretful porcupine :

Appelle (écrit au crayon) :

Pour être compris des armateurs (amateurs ?) grossiers de 1580
Du reste parfait exemple du sublime

5 janvier 1830.

---

[1] Cf. la vraie inscription, p. 133 de *Stendhal et ses amis*.

[2] *Oxberry's Edition*. — Hamlet, a tragedy ; By William Shakspeare. — With prefatory remarks. The only edition existing which is faithfully marked with the stage business, and stage directions, as it is performed at the Theatres Royal. By W. Oxberry, Comedian. — London. Published for the Proprietors, by W. Simpkin, and R. Marshall. Stationers'Court, Ludgate-Street, and (.. Chapple, 59, Pall-Mall. — 1820, in-8, pp. xxx-91 + 1 f. n. ch.

En tête, le portrait de *Mr. Kean, as Hamlet.*

A la page suivante, 25, une note répond à Hamlet parlant au Spectre :

Haste me to know it, that I, with wings as swift
As meditation, or the thoughts of love,
May sweep to my revenge.

« Un tel bavard n'agira pas. Admirable réponse. Achille étant pas fort de compassion, mais fort à agir est le contraire de Hamlet... »

Même page (toujours au crayon, comme la précédente), le *Spectre* :

But soft ! methinks, I scent the morning air
« Déjà il a l'expérience de son nouvel état. »

Page 26 : Le Spectre :

Cut off even in the blossoms of my sin,
No reckoning made, but sent to my account
With all my imperfections on my head.
« Rien de mieux au monde »

Hamlet.

Hold, hold, my heart ;
And you, my sinews, grow not instant old,
But bear me stiffly up ! — Remember thee ?
Aye, thou poor ghost, while memory holds a seat
In this distracted globe. Remember thee ?
Yea, from the table of my memory
I'll wipe away all forms, all pressures past,
And thy commandment all alone shall live
Within the book and volume of my brain,
Unmix'd with baser matter : yes, by heaven
I have sworn it.

« Etudiant allemand. »

Observation complétée par les suivantes :

« Epithète à la Delille
    pour plaire aux gens grossiers de 1570.
Il n'est pas Achille, mais un étudiant allemand. »

P. 27 : Hamlet :

Hamlet :

How say you then, would heart of man once think it ?
But you'll be secret !

« L'étudiant
   qui a peur
       comme
            Dalban »

La quatrième pièce du recueil est la célèbre comédie de Sheridan, *the Rivals* [1] :

Sur le titre même de la brochure :

« Good à copier excepté le
dernier acte. Bonne pièce
de romanesque [*illisible*]

                Paris, 7 décembre 1821.

       leçon de Mʳ Daunou »

Au bas de la p. 76, la dernière :

« My letter on *Richard III* mal traduite in the *Examiner* of the 24 décembre 1821, le jour of my arrival à Paris from London »

La pièce 5 du recueil est *The Beaux' Stratagem*, de G. Farquhar [2] :

---

[1] *Oxberry's Edition.* — The Rivals, a comedy ; By R. B. Sheridan. — With prefatory remarks. The only edition existing which is faithfully marked with the stage business, and stage directions. As it is performed at the Theatres Royal. By W. Oxberry, Comedian. — London. Published for the proprietors, by W. Simpkin, and R. Marshall, Stationers'Court, Ludgate-Street ; and C. Chapple, 66, Pall-Mall. — 1820, in-8, pp. x + 1 f. n. ch. + pp. II + pp. 76.
En tête, le portrait de Mʳˢ Davison, as *Julia.*

[2] *Oxberry's Edition.* — The Beaux'Stratagem, a Comedy ; By George Farquhar. — With prefatory remarks. The only edition existing which is faithfully marked with the stage business, and stage directions, as it is performed at the Theatres Royal. By W. Oxberry, Comedian. — London. Published

Au verso du deuxième f. prél. n. chiffré :

« Apparemment
Lichtfield
1720

28 7bre 1822. »

P. 59, Mrs. Sullen :

Hold, sir, build not upon that — for my most mortal hatred follows, if you disobey what I command you now — leave me this minute — If he denies, (Aside) I'm lost.
     « Ah que c'est
       bien ! »

La pièce 6 du recueil est *Macbeth*, de Shakspeare [1] qui n'est pas annoté.

Au recto du dernier feuillet de garde :

THE GREATEST EVENT OF HIS LIFE

    4 mars 1818
visite one who pleases to me
30 septembre 1818 nell giardino
10 juin 1819 »

TABLE

Brochures romantiques

or the proprietors, by W. Simpkin, and R. Marshall, Stationers'Court, Ludgate-Street; and C. Chapple, 66, Pall-Mall. — 1819, in-8, pp. II + 2 ff. n. ch. + pp. 73 + 1 f. n. ch.
En tête, le portrait de *Mr Jones, as Archer.*

[1] *Oxberry's Edition.* — Macbeth. A tragedy; By William Shakspeare. — With prefatory remarks. The only edition existing which is faithfully marked with the stage business, and stage directions, as it is performed at the Theatres Royal. By W. Oxberry, Comedian. — London. Published for the proprietors, by W. Simpkin, and R. Marshall, Stationers'Court, Ludgate-Street, and C. Chapple, 59, Pall-Mall. — 1821, in-8, pp. III + 1 f. n. ch. + pp. 74.
En tête, le portrait de *Mr. Macready, as Macbeth.*

de M^r le Mis Er. Visconti
          Hamlet
       The Rivals
The Beaux' Stratagem
       Macbeth
                         « Avant *Hamlet*
     Epitaphe de l'animal » (au crayon)

Au verso du dernier feuillet de garde :

VUE VRAIE SUR LE MANQUE DE LOVE IN MY LIFE

« Les Ⴖ les Ⴖ les Ⴖ [1]
o.it passé leur tems à orner leurs
habits, moi à orner mes pages.
Tout l'avantage est pour le tems où
ni eux ni moi ne porterons d'habits.
Dire après notre mort peut-être
parlerait-on de D [illisible]

                                   Novembre 1830. »

« 1827 me semble hier

                                     5 janvier 1830. »

« L'événement frappant plus après
quarante ans »

                                 • 1ᵉʳ janvier 1830.

« La Passion
adoucir par notre
civilisation ; excepté une
loi, personne ne s'attend
à rencontrer de brigands
en revenant à une heure du
jardin du Roy. »

Au recto de la reliure à la fin :

Volume retrouvé le 24 avril 1827
                    rue de Grenelle saint-Germain (?) •
« 24 avril 1827 écrit à M^r. Jeff
        par M. Rosterford (?) » [au crayon]

[1] Évidemment Stendhal a remplacé ici par une figure le mot *tols*.

« 2 jours de mauvais goût
ou différences de *mon goût*
(qui est mien parce qu'il me semble
BON (autrement j'en changerais)
          avec le goût du public
Je dis le meilleur public de 1830
                    HAINE des détails
mise en honneur par M. Scribe
   L'auteur ne veut pas se prodiguer
de là l'évêque poignardé de
Quentin-Durward par X
   Apperçus à la La Bruyère
pour faire avaler aux gens secs
la narration touchante.

                              5 janvier 1830. »

A la suite des notes de Stendhal, transcrites par lui,
M. Bucci a ajouté les remarques suivantes :

« Stendhal légua, par son testament, à M. Louis Crozet, de Grenoble, ingénieur en chef des ponts et chaussées du département de
l'Isère, différens volumes de manuscrits, des chroniques italiennes et
un de mémoires sur Napoléon, qui portait pour titre ; *Vie de César*,
sous la condition de n'avoir à les publier que dix ans après sa mort.
M. Crozet, en m'en accusant réception, me disait qu'il allait les mettre
en ordre, pour les publier à l'époque indiquée. Le fait est que, jusqu'à
présent, ils n'ont pas été publiés, bien qu'ils auraient pu l'être en 52,
Stendhal étant mort le 23 mars 42.

   M. Prosper Mérimée me demanda, il y a quelque tems, des ren-
seignemens sur ces manuscrits et je lui répondis d'avoir à s'adresser
au légataire ou à sa famille s'il était décédé. J'ignore ce qu'il a pu
faire.

   Une grande partie de la bibliothèque de Stendhal m'étant échue
en héritage, j'y ai trouvé le second volume de son ouvrage, *Rome,
Naples et Florence en 1817* ; avec beaucoup de notes autographes
de l'auteur, pour servir à une nouvelle édition. Parmi ces notes très
spirituelles, il y en a quelques unes d'un frappant intérêt d'actualité.
En voici trois spécimen

« SITUATION PHYSIQUE DE ROME »

« 138 ans après la fondation de Rome, il y avait encore de l'eau
« stagnante entre les collines. Après la prise de Veïes, le peuple
« voulait quitter un territoire mal sain pour aller à Veïes. Il en fut
« empêché par les nobles, qui à Veïes n'auraient pas pu voler des
« terres. Les nombreuses pertes dans une population si active et si
« sobre, rendent probable que, dès ce tems il y avait l'*aria cattiva*.

« Rome fut bâtie sur un terrain mal choisi. Les montagnes voisines
« offrent aujourd'hui des situations bien préférables. Du tems de
« Romulus c'était peut-être le seul terrain libre, ou, par superstition,
« il tint au terrain, ou il avait été exposé, où comme les Vénitiens,
« il choisit un terrain difficile, pour éloigner l'ennemi. Quoi qu'il en
« soit, une ville mal saine et qui a le moral pollué par les prêtres, ne
« conviendra pas pour capitale à cette nation de 18 millions d'Ita-
« liens, qui naîtra dès que la France lui enverra quatre régiments
« pour sage-femme ».

(Approfondissement pour la note de la page 302.)

« L'Italie a su dominer l'Europe par la seule astuce, tour de force
« que n'a encore exécuté, tenté aucune autre nation, ce qui me fait
« admirer le Papisme. C'est l'astuce italienne qui a créé aux trois
« quarts cette religion, que nous croyons celle de J.-C, mais qui
« au contraire a changé de direction tous les deux cents ans, et qui
« a eu une si profonde influence sur les idées et les habitudes de
« l'Europe. En un mot, à partir de la conquête exécutée par les
« Romains, l'histoire d'Italie a toujours été celle de tous les peuples.
« Elle a eu toutes les gloires, depuis celle de Grégoire VII (Hilde-
« brand) jusqu'à celle de Paisiello. Donc il y a une supériorité dans
« ce pays. Il y a quelque chose *d'inconnu* que n'a pas la France,
« par exemple, ni l'Espagne, ni l'Angleterre.

« Elle a dominé par la force sous les Romains, par l'astuce (avec
« les papes), par les lettres (sous Léon X) par les beaux-arts (avec
« Raphaël et Cimarosa) ; il me semble que ces quatre manières de
« commander embrassent toutes les facultés intellectuelles de
« l'homme ».

(Page 281.)

« Jugez d'un gouvernement par ceux qu'il place.

« Il y a plus loin d'un Italien à un Piémontais que du Français à
« l'Anglais. Le Piémontais a de la fermeté : c'est une étoffe qui peut
« supporter cette riche broderie, nommée le gouvernement des deux
« Chambres. »

Parmi ses livres, il y a un volume des classiques latins percé
d'un trou jusqu'à la moitié, avec cette note autographe, qui
porte tout à fait le cachet de son originalité.

« Ce trou a été fait dans la campagne de Iéna. Ce volume ne
« m'a pas quitté, et je ne l'ai guère lu. En 1809, les *Lettres persanes*
« ont été bien souvent lues par moi. »

Il attachait un souvenir précieux à ce volume, en disant qu'il
lui avait peut-être sauvé la vie, ou du moins épargné quelque grave
blessure, car il le portait dans sa poche, lorsqu'il reçut le coup de la
mitraille.

Civita-Vecchia, le 2 mars 1865.
Donat BUCCI, héritier de STENDHAL.

VI

DIVERSES PIÈCES INÉDITES

RELATIVES A STENDHAL

A

BEYLE (1822 ?). Lettre de Beyle à propos des *Anecdotes arabes*
à citer. (Note de SAINTE-BEUVE.)

Monsieur

Si je n'étais pas si âgé, j'apprendrais l'Arabe tant je suis charmé de
trouver enfin quelque chose qui ne soit pas copie académique de
l'ancien. Ces gens ont toutes les vertus brillantes.

C'est vous dire, monsieur, combien je suis sensible aux anecdotes
que vous avez bien voulu traduire pour moi. Mon petit traité idéolo-
gique sur l'amour, aura ainsi un peu de variété. Le lecteur sera
transporté hors des idées Européennes.

Le Morceau Provençal que je vous dois également, fait déjà un fort bon repas.

Je regrette beaucoup madame Clarke [1].

    Agréez, monsieur, l'hommage de ma reconnaissance

                   H. BEYLE

         7 juillet, n° 63, Rue Richelieu.

Monsieur,
     Monsieur FAURIEL.
    Rue Neuve de Seine
N° 68 près la rue de Tournon,

                     Paris [2].

B

         18 juin, Corpus Domini, 1836.

Je n'ai pas dîné pendant 26 jours mon noble ami, et les dîners que je fais actuellement méritent bien peu ce respectable nom. L'appétit manque. La tête est faible, je lis des romans et je pense beaucoup à nos amis, signes de faiblesse. Je me suis traîné à la *Mula di Portici*, qui a le plus grand succès, malgré deux petits inconvénients, il n'y a pas de chanteuse et le Masaniello n'a pas de voix du tout. Tout se passe en chœurs, ils chantent avec verve, tant les coquins sont contents de n'être plus des Grecs ou des Romains, mais simplement des canailles de pêcheurs comme tels ils se permettent toutes sortes de lazis, et même des grossièretés sans lazis que le public prend fort bien. Croiriez-vous que ce public en est réduit à ce point d'abjection que deux jeunes avocats m'ont demandé si à tout prendre leur *Muelle* n'était pas supérieure à celle de Paris ?

[1] Note, Madame Clarke, (fille du capitaine Hay, de la marine royale anglaise, mère de Mary, femme de l'orientaliste Jules Mohl. Cf. K. O'Meara. — Un Salon à Paris. Madame Mohl et ses intimes..... Paris, Plon, s. d. [1886], in-12.)

[2] Pièce autographe manuscrite conservée à la Bibliothèque de l'Institut.

Ce pays-ci est perdu. Ils en sont pour les arts, le sens commun et l'art de jouir de la vie, au point où les Arts du dessin en étaient sous Constantin en 300, on relevait les colonnes des temples, mais on les plaçait à l'envers, la tête en bas.

La grande nouvelle c'est que le Prince Borghèse manque d'argent. Son frère Camille lui a cependant laissé 227 mille écus (1200 mille francs de rente) et des caisses pleines. Un seul Prince n'est pas ruiné c'est Piombino. Quant à l'argent, tous les autres ont mon caractère : ils n'y pensent jamais que quand il en manque. Mais je ne vivrais pas comme eux, ils passent leur soirée avec 7 à 8 amis inférieurs, et approuvent tout et vont au Bal chez un ambassadeur ou chez Torlonia, une fois par mois. Ils ne donnent jamais un verre d'eau, de crainte de n'être pas assez magnifiques et aussi par manque d'argent. L'un d'eux me disait hier que la Navarre et le Guipuscoa formaient le tiers de l'Espagne. Sans doute ces provinces touchent à Gibraltar ; et il ne m'a pas contredit. Adieu, il pleut tous les jours ici et les chaleurs grâce à Dieu ne sont pas encore venues. Après 40 jours de séjour je me suis sauvé de mon trou. Combien nous avons été fous en donnant le goût de la musique à Londres et à Paris. Plus de musique ici, et là une musique manquant de gens pour l'entendre et électriser les chanteurs. *O varia hominum area o pectora cæca !* [1]

[Sans signature]

Monsieur
Monsieur de FIORI
N° 10 *Boulevard des Panoramas*
  vis à vis le passage.

        Paris [2].

---

[1] Lucrèce, *De rerum Natura*, lib. II, 14 : O miseras hominum menteis ! O pectora cæca.

[2] Collection Henri Cordier.

C

Hôtel Giacinta, 11 Jr (1834?)[1].

Avez-vous lu, Monsieur, la vie de Descartes? Ayant l'occasion comme vous de quitter, un instant, la vie dissipée, il se mit à examiner les 40 ou 50 choses qu'il regardait comme des vérités. Il s'aperçut que ces vérités prétendues n'étaient que des balivernes à la mode.

Votre séjour à Civ. peut vous apporter le même genre d'utilité. Examinez les balivernes que le charlatanisme Parisien fait passer pour des vérités. Vous trouverez un vol. intitulé *de l'Esprit*, qui pourra vous aider à apercevoir la fausseté des 3/4 des choses que les charlatans de Paris apelent vraies.

Vous savez, Monsieur, qu'il entre dans nos conventions que vous pourrez passer 5 jours par mois à Rome. Vous aurez à copier au Bureau, pendant 5 ou 6 heures, soit des pièces officielles, soit des notes sur le pays. Ne parlez jamais de ce que vous aurez copié, n'en parlez ni à Paris, ni ici. Du reste que vous travailliez au B^{au} de 8^h à 2 ou de 10^h à 4, cela est indifférent. Quelquefois les jours de départ de B^{au} à vapeur il pourra être utile que vous veniez au B^{au} avant 10 heures. Il faut vous arranger avec Mr [illisible] pour que l'un de vous deux se trouve au B^{au} de 9^h à 4 ou 5.

Si un marin ou un voyageur a affaire au B^{au} il convient qu'il trouve quelqu'un.

Je ne pense pas que vous puissiez tenir à l'ennui d'une petite ville plus de 2 ou 3 mois. Si vous imitez Descartes, ce ne sera pas du tems perdu.

[1] Collection Henri Cordier.

Vous pourriez passer à Rome du 2 au 11 Février, le carnaval finit le 11.

Vous pourrez vous lier avec l'excellent M. Mauzi et apprendre les antiquités, et l'histoire *probable*, des tombeaux de Cornetto. Vous pourriez apprendre par cœur 8 pages de Goldoni.

J'ai l'honneur d'être, Monsieur, votre très humble et très obéissant serviteur.

[paraphe]

Présentez mes compliments à M^r et à Madame Lucas.

Monsieur
Monsieur RABOT
premier [illisible] *du Consulat de France,*
à Civita Vecchia.

VII

STENDHAL BIBLIOTHÉCAIRE[1]

Les lecteurs de *Stendhal et ses Amis* savent que l'année 1828 fut celle pendant laquelle Henri Beyle fut le plus hanté par les idées de suicide : expulsé de Milan, sans place, amoureux, sans argent, profondément découragé, il chercha une fois encore à se réfugier dans un endroit discret où le pain du lendemain lui fût assuré, sans que sa fantaisie personnelle dût trop souffrir de cette retraite.

Une place s'offrait à la Bibliothèque royale.

Méon[2] dont les travaux intéressants sur la littérature fran-

[1] *Journal des Débats,* vendredi 29 oct. 1897.

[2] Dominique-Martin Méon, né à Saint-Nicolas (Lorraine) le 1er sept. 1748 ; décédé le 5 mai 1829.

çaise du moyen âge n'avaient pu faire un bibliographe précis, était entré comme surnuméraire au cabinet des Manuscrits de la Bibliothèque royale; on reconnut que ses fiches manquaient d'exactitude, que ses renseignements étaient, pour la plupart, fautifs et on le suspendit de ses fonctions. Méon eut l'heureuse fortune de trouver un puissant protecteur en M. de Corbière, ministre de l'intérieur depuis 1821, bras droit de M. de Villèle.

L'amitié d'un grand homme est un bienfait des Dieux.

Aussi fut-il non seulement réintégré dans sa place, mais encore décoré et pensionné. Cependant de lui-même, Méon quitta la Bibliothèque du roi en 1829, et c'est alors que se posa la candidature de M. de Stendhal.

Beyle avait la chance d'avoir un appui sérieux en la personne de Jean-Jacques Champollion [1], surnommé Figeac, aussi bien à cause du lieu de sa naissance que pour le distinguer de son jeune frère le célèbre « déchiffreur » des hiéroglyphes d'Egypte.

Les deux Champollion avaient été professeurs à Grenoble et se rappelaient leurs bonnes relations avec le grand-père et le père de Beyle.

Champollion-Figeac était conservateur des manuscrits à la Bibliothèque royale de Paris, et c'était naturellement à lui qu'on devait s'adresser pour obtenir les renseignements nécessaires pour la place vacante.

C'est alors qu'il écrivit à M. de Mareste la lettre suivante que je retrouve dans les papiers du marquis de Pastoret [2]:

[1] Jean-Jacques Champollion, né à Figeac (Lot) 5 octobre 1778; décédé à Fontainebleau 9 mai 1867; il fut révoqué de ses fonctions à la Bibliothèque nationale le 1er mars 1848 et remplacé par Jean-Barthélemy Hauréau.

[2] Collection Henri Cordier.

I

BIBLIOTHÈQUE DU ROI

Paris, le 9 mai 1829.

Monsieur,

J'ai reçu avec un véritable plaisir la lettre que vous m'avez fait l'honneur de m'écrire hier en faveur de M. Beyle. J'ai eu l'occasion et l'avantage de le voir une fois ou deux, il y a bien longtemps, mais je n'ai pas oublié les encouragements que j'ai reçus, dans mes débuts littéraires, du docteur Gagnon son grand-père, ni les bontés de M. Beyle père quand l'administration de la ville de Grenoble m'intéressait plus directement qu'elle ne le fait aujourd'hui. Je serais donc heureux d'être en état de faire quelque chose qui pût être utile à M. Beyle, et qui pût aussi, Monsieur, vous être agréable : ce serait une revanche que je prendrais avec vous de grand cœur.

Voici l'état de l'affaire dont vous avez bien voulu m'entretenir. La place d'employé qu'avait M. Méon est vacante de fait et ne l'est pas de droit. Vous voyez déjà que la diplomatie pénètre partout, même dans les affaires les plus minimes de notre établissement. La vérité est que M. Méon fut nommé employé de l'autorité et pleine science de M. de Corbière, quand cette nomination appartenait à la Bibliothèque qui ne l'avait pas demandée. Le ministre décida en même temps que, créant par son acte une place d'employé de plus qu'il n'y en avait eu jusque-là, il ne serait pas pourvu à la première vacance qui surviendrait, et c'est M. Méon lui-même qui a donné lieu à cette vacance. En droit donc, il ne doit pas y être nommé.

Si cependant l'administration de la Bibliothèque profite de ce *précédent* et décide que l'intérêt du service exige qu'il soit pourvu à la vacance, le département des Manuscrits a l'initiative pour la présentation du candidat : j'ai une voix dans cette initiative, mais de droit seulement et non pas de fait, mes justes déférences pour M. Dacier, notre père à tous, ne me laissant que la faculté de porter son vœu au Conservatoire. C'est donc M. Dacier qui fera sa nomination, s'il y a lieu, et personne au monde ne peut avoir plus d'accès et d'influence auprès de lui que M. le marquis de Pastoret : une antique confraternité académique et un long échange de services mutuels et d'affectueux sentiments doivent rendre cette influence effective et fructueuse.

Mais il y a encore une autre série de difficultés. M. Méon fut nommé employé après dix-neuf ans de surnumérariat au titre d'auxiliaire, et à 1,500 fr. Il y a derrière lui deux surnuméraires au même titre, travaillant depuis plusieurs années dans l'expectation d'un avancement régulier, tous deux ayant du mérite, quoique inégalement, et je crois qu'il serait bien difficile de remplacer M. Méon, chargé du travail du catalogue, si ce n'est par l'un des deux auxiliaires déjà familiarisés avec les détails de l'établissement. Ce ne serait donc que la succession de l'auxiliaire promu, que M. Beyle pourrait solliciter, et c'est encore à M. Dacier et à lui seul en quelque sorte qu'il faudrait s'adresser. Il y a une troisième voix à concilier, dans le département des Manuscrits (je dis troisième sans conséquence hiérarchique); c'est celle de M. Abel-Rémusat[1]; et c'est aussi M. le marquis de Pastoret qui peut, avant qui que ce soit, la demander et l'obtenir. Je serais heureux de joindre mon suffrage au leur.

Je suis donc forcément réduit aujourd'hui, Monsieur, à vous donner la topographie du terrain de l'affaire dont vous voulez bien m'entretenir. Si je puis davantage, je suis prêt à tout ce qui pourra vous plaire. Je vous prie d'en agréer l'assurance, ainsi que celle du véritable dévouement avec lequel j'ai l'honneur d'être, Monsieur, votre très humble et très obéissant serviteur.

                                   J.-J. CHAMPOLLION-FIGEAC.

M. de Mareste.

Quelques semaines plus tard, le baron Dacier[2], qui, depuis 1800, était conservateur à la Bibliothèque royale et qui, comme secrétaire perpétuel de l'Académie des Inscriptions et Belles-Lettres et membre de l'Académie française, jouissait d'une grande considération que lui donnaient d'ailleurs ses travaux personnels, signait la lettre suivante que je soupçonne fort Champollion-Figeac d'avoir écrite de sa propre main :

[1] Le célèbre sinologue Jean-Pierre-Abel Rémusat, né à Paris le 5 sept. 1788 ; mort dans cette ville le 2 juin 1832.

[2] Bon Joseph, Baron Dacier, né à Valognes (Manche) le 1ᵉʳ avril 1747 ; décédé à Paris, 4 février 1833.

II

BIBLIOTHÈQUE DU ROI

Paris, le 28 juin 1839.

L'administrateur de la Bibliothèque du roi.

Monsieur le comte,

J'ai reçu successivement les deux lettres que vous m'avez fait l'honneur de m'écrire en faveur de M. Beyle, qui désire entrer comme auxiliaire au département des Manuscrits de la Bibliothèque du roi. Les difficultés qui s'opposaient à l'accomplissement des vœux de M. Beyle et des vôtres ne m'ont pas permis jusqu'ici de vous entretenir de cette affaire comme je désirais pouvoir le faire. Aujourd'hui, quelques-unes de ces difficultés paraissent s'aplanir, et je serai heureux de concourir à les écarter entièrement, afin de voir réussir une demande à laquelle vous vous intéressez si vivement, et que recommandent aussi très puissamment les travaux littéraires de M. Beyle. Je m'y emploierai avec plaisir et avec empressement.

Veuillez, monsieur le comte, en agréer l'assurance, ainsi que celle de ma considération très distinguée et de mon ancien attachement pour votre famille.

DACIER.

Heureusement pour Stendhal lui-même, pour la littérature française ensuite et aussi pour la Bibliothèque du roi, le projet échoua : la révolution de 1830 éclata et l'on fit de Stendhal un consul à Civita-Vecchia.

Nous devons à cet accident *le Rouge et le Noir, la Chartreuse de Parme* et quelques mauvaises fiches en moins au département des Manuscrits de notre grande Bibliothèque.

J'avais ajouté les remarques suivantes :

« Les relations de Beyle et de Champollion-Figeac durèrent jusqu'à la mort du premier.

On se rappelle que Stendhal, frappé d'apoplexie à la porte du ministère des affaires étrangères, le 22 mars 1842, fut transporté rue

Neuve-des-Petits-Champs, près la rue de la Paix, chez Champollion-Figeac, où il avait passé la soirée; il y mourut. »

M. Casimir Stryienski me fait observer avec juste raison que ce n'est pas chez Champollion que mourut Stendhal, mais bien à son propre domicile 78, rue Neuve-des-Petits-Champs; au surplus, voici l'extrait de l'acte de décès :

PRÉFECTURE DU DÉPARTEMENT DE LA SEINE

———

EXTRAIT des minutes des actes de DÉCÈS.

RECONSTITUÉS EN VERTU DE LA LOI DU 12 FÉVRIER 1872

———

1er ARRONDISSEMENT DE PARIS. AN 1842

Du vingt-trois mars mil huit cent quarante-deux, à dix heures du matin. Acte de décès de sr Henri-Marie Beyle, consul de France à Civita-Vecchia, âgé de cinquante-neuf ans, chevalier de la Légion d'honneur, célibataire, né à Grenoble (Isère) et décédé à Paris, en son domicile rue Neuve-des-Petits-Champs, n° 78, ce jour-d'hui à deux heures du matin. Constaté par nous Maire, officier de l'Etat civil du premier arrondit. de Paris, sur la déclaration des sieurs Joseph Romain Colomb, propriétaire âgé de cinquante-sept ans, demt. rue Notre-Dame-de-Grâce n° 3, Durand Cayrol, concierge âgé de vingt-quatre ans, demt. rue Neuve-des-Petits-Champs, n° 78, lesquels ont signé avec nous, après lecture faite. Signé R. Colomb, Cayrol et Marbeau. Pour copie conforme, Paris le 29 mars 1842. Le Maire, signé Marbeau. Expédié et collationné par Me Poletnich notaire à Paris. Admis par la Commission, (loi du février 1872) le membre de la Commission, signé Lorget. Pour expédition conforme Paris le vingt décembre mil huit cent quatre-vingt-dix-sept.

Le Secrétaire Général de la Préfecture.
Pour le Secrétaire Général,
Le Conseiller de Préfecture délégué,
[illisible].

VIII

VAUVENARGUES[1]

Page XLVI de la Notice[2] :

CITATION DE VAUVENARGUES	BEYLE
« La servitude avilit l'homme au point de s'en faire aimer. »	« La pire espèce de servitude est celle qui agit sur un peuple en corrompant ses mœurs. »

I, page 32 :

« Nous prenons quelquefois pour le sang-froid une passion sérieuse et concentrée, qui fixe toutes les pensées d'un esprit ardent, et le rend insensible aux autres choses. »	« Profondément vrai. »

I, page 35 :

« Toutes les passions roulent sur le plaisir et la douleur, comme dit M. Locke : c'en est l'essence et le fonds. »	« L'amour de soi. Helvétius. »

I, page 162 :

« Chaulieu a su mêler avec une simplicité noble et touchante, l'esprit et le sentiment. »	« Comparez les termes dans lesquels il parle de Chaulieu, et ceux qu'il emploie en traitant de Molière. »

[1] Je dois ce précieux document à l'obligeance de M. Casimir Stryienski dont on connaît les beaux travaux sur Stendhal ; l'exemplaire de Vauvenargues fait partie de sa bibliothèque particulière et provient de la collection du baron de Mareste.

[2] Œuvres complètes de Vauvenargues... Précédées d'une Notice .. par M. Suard.... Paris, Dentu, M.D.CCC.VI, 2 vol. i.1-8. — Bibl. Nat. R .2848. B. 4/5. — Inv. R. 19,652/3.

Même page :

« Molière me paraît un peu
répréhensible d'avoir pris des
sujets trop bas .... »

II, page 2 :

« Il n'y aurait point d'erreurs
qui ne périssent d'elles-mêmes,
rendues clairement. »

« Admirable. »

II, Même page :

« Ce qui fait souvent le mé-
compte d'un écrivain, c'est qu'il
croit rendre les choses telles
qu'il les aperçoit ou qu'il les
sent. »

« Voir mieux que nature, c'est
être mal organisé. L. David. »

II, page 4 :

« Le courage a plus de res-
sources contre les disgrâces, que
la raison. »

« La raison n'est-elle pas cou-
rageuse ? Serait-elle raison sans
cela ? »

II, même page :

« La guerre n'est pas si oné-
reuse que la servitude. »

« De tous les maux qui peuvent accabler une nation, le pire
est une invasion. »

C'est le Commissaire des
Guerres qui parle.

II, page 5 :

« Nous n'avons pas droit de
rendre misérables ceux que nous
ne pouvons rendre bons. »

« Sublime. »

II, page 7 :

« L'estime s'use comme l'a-
mour. »

« On se lasse de parler de
l'homme estimable, mais dans le
cœur l'estime survit. »

II, page 8 :

« Le trafic de l'honneur n'en-   « Walpole. »
richit pas. »

II, page 13 :

« Ce qui est arrogance dans   « Jamais peuple n'est plus ter-
les faibles, est élévation dans les   rible et plus prêt à envahir que
forts ; comme la force des ma-   lorsqu'il est en révolution. Mon-
lades est frénésie, et celle des   tesquieu. »
sains est vigueur. »

II, même page :

« On tire peu de service des   « L'expérience les a fatigués
vieillards. »   d'être bons. »

II, page 21 :

« On ne fait pas beaucoup de   « L'enthousiasme est l'entre-
grandes choses par conseil. »   preneur des miracles. Montai-
                                     gne. »

II, même page :

« La conscience est la plus   « Et partant les remords. »
changeante des règles. »

II, page 23 :

« La pensée de la mort nous   « Les esprits poétiques dans
trompe ; car elle nous fait oublier   leur jeunesse attendent toujours
de vivre. »   la mort et c'est ce qui fait la mi-
                                     sère de leurs vieux jours. »

II, page 30 :

« On peut aimer de tout son   « Nous dominons nos amis et
cœur ceux en qui on reconnaît   nos ennemis plus par nos défauts
de grands défauts. »   que par nos vertus. Mme de
                                     Staël. »

II, pages 30 et 31 :

« Si nos amis nous rendent des services, nous pensons qu'à titre d'amis ils nous les doivent, et nous ne pensons pas du tout qu'ils ne nous doivent pas leur amitié. »

« Que signifie donc ce mot *devoir* en amitié ? »

II, page 31 :

« Pour se soustraire à la force, on a été obligé de se soumettre à la justice. »

« La justice c'est la force, suivant la majorité. »

II, page 43 :

« La vigueur d'esprit ou l'adresse ont fait les premières fortunes. L'inégalité des conditions est née de celle des génies et des courages. »

« La vigueur du corps n'établit-elle pas une supériorité et par là un moyen ? »

II, page 49 :

« On trouve dans l'histoire de grands personnages que la volupté ou l'amour ont gouvernés. »

« La volupté ou l'amour est une passion. »

II, page 50 :

« Le sot s'assoupit et fait la sieste en bonne compagnie, comme un homme que la curiosité a tiré de son élément, et qui ne peut ni respirer ni vivre dans un air subtil. »

« Placez un homme de génie dans un salon dit de bonne compagnie, vous verrez s'il ne s'endort. »

II, page 67 :

« Nos passions se règlent ordinairement sur nos besoins. »

« Nos passions au contrairent (*sic*) sont presque nuisibles à nos besoins et à nos intérêts. »

II, page 68 :

« Le peuple et les grands n'ont ni les mêmes vertus ni les mêmes vices. »

« Les vices du peuple et des grands diffèrent plus par la forme que par le fond. »

II, page 89 :

« La licence étend toutes les vertus et tous les vices. »

« Mirabeau. »

II, même page :

« La paix rend les peuples plus heureux et les hommes plus faibles. »

« Parmi les guerres les plus déplorables et les plus utiles pour les peuples sont les guerres civiles. »

II, page 91 :

« L'utilité de la vertu est si manifeste que les méchans la pratiquent par intérêt. »

« Les méchants ne gardent l'apparence de la vertu qu'afin de mieux tromper et de duper plus aisément. »

II, page 103 :

« La haine n'est pas moins volage que l'amitié. »

« Les sentiments durs et impitoyables sont plus tenaces que les affections douces. »

II, page 107 :

« Le terme du courage est l'intrépidité dans le péril. »

« *Justum et tenacem propositi*, etc. [1]. »

II, page 108 :

« Il n'y a point d'homme qui ait assez d'esprit pour n'être jamais ennuyeux. »

« Les gens d'esprit seraient bien embarrassés sans les sots. Talleyrand. »

II, page 110 :

« Lorsqu'une pièce est faite pour être jouée, il est injuste de n'en juger que par la lecture. »

« Une pièce pour être bonne doit être approuvée par le parterre du théâtre pour lequel l'auteur l'a faite. »

[1] Horace, *Carmina*, lib. III, 3, 1 : Justum ac tenacem propositi virum,....

II, page 117 :

« Combien de vertus et de   « *No es verdad.* »
vices sont sans conséquence ! »

II, page 120 :

« Qui sait souffrir peut tout   « Tout homme qui fera le
oser. »   sacrifice de sa vie est maître de
                                     la mienne. S. » (Shakespeare ?)

II, page 128 :

« L'éloquence vaut mieux que   « Est plus puissante. »
le savoir. »

∴

J'allais faire paraître ce travail lorsque l'on m'a communi-
qué le volume de M. Jean de Mitty sur *Napoléon* [1]. L'ouvrage
contient à la fin des notes sommaires extraites des papiers de
Grenoble sur les *Femmes savantes* et les *Amants magnifiques* :
ce n'est donc qu'une partie peu considérable des Commentaires qui d'ailleurs ne pouvaient être publiés qu'avec le fil
conducteur de l'exemplaire de M. le vicomte de Spoelberch
de Lovenjoul à qui je dédie ce livre en témoignage d'une
ancienne et sincère amitié.

                                        Henri CORDIER.

3, Place Vintimille.

---

[1] Stendhal (Œuvres posthumes) : Napoléon. De l'Italie. — Voyage à
Brunswick. — De l'Angleterre. — Les Pensées. — Commentaires sur Molière. Notes et introduction par Jean de Mitty. Paris, Éditions de la *Revue
blanche*, 1897, in-18, pp. XXV, 260.

I

LE MISANTHROPE

MOLIÈRE

JUGÉ PAR STENDHAL

NOTES SUR LE MISANTHROPE[1]

La reconnaissance du comique étant en partie une affaire de mémoire. (Note de 1.000 an [Milan] *I take for a year any entries at French (theatre) from the 18th december 1813.*

Je note les endroits où l'on rit, avec la date des représentations.

Représentation du 16 décembre 1813[2], Fleury[3] bien vieilli et Mlle Mars[4].

[1] Dans le volume III, du *Molière.* — Dans le volume IV, p. 49, de l'édition Didot.

[2] Le jeudi 16 décembre 1813 le spectacle du Théâtre-Français se composait de : *Le Misantrope, la Suite d'un Bal masqué.* Dans *le Misantrope*, Damas, Desprez, Michelot, Vanhove, Faure, Dumilâtre, Cartigny; Mmes Thenard, Volnais, Leverd. — Dans la *Suite d'un Bal*, Armand, Michelot, Dumilâtre; Mmes Mezeray, Mars, Desbrosses. Cf. *Journal de l'Empire*, 16 décembre 1813.
Je ne sais pourquoi Fleury et Mlle Mars sont omis dans cette énumération de noms.

[3] Abraham-Joseph Bénard, dit Fleury, né à Chartres en 1751; mort en 1822, à Orléans.

[4] Geoffroy écrit dans le feuilleton du *Journal de l'Empire*, à la date du 19 décembre 1813, p. 3 :
• Toutes les représentations du *Misantrope* sont des fêtes pour la Comédie.

Voir l'imitation anglaise de Wicherley intitulée *l'Homme au franc procédé*[1].

Il va sans dire que le mot Misanthrope est pris ici dans le sens qu'on lui donne dans les salons, et souriant devant un bon feu. Le vrai haïsseur d'hommes dans le sens grec, est dans Shakespeare, voyez *Timon* et le jugement que je viens d'en porter le 21 décembre 1813, tome VI de Letourneur[2].

ACTE PREMIER

SCÈNE PREMIÈRE

PHILINTE, ALCESTE

ALCESTE

. . . .
Je veux qu'on me distingue ; et, pour le trancher net,
L'ami du genre humain n'est point du tout mon fait.

On ne rit point. On applaudit parce que c'est le chef-

quand les principaux rôles sont joués par les acteurs chéris et adoptés par le public. Fleury et M⁰ Mars font au théâtre le destin des pièces auxquelles ils attachent leur talent. Je voudrois pouvoir être toujours nouveau pour les lecteurs, en faisant leur éloge, comme ils paroissent toujours nouveaux pour les spectateurs en jouant leurs rôles. »

Anne-Françoise-Hippolyte Boutet-Monvel, dite M⁰ Mars, née à Paris, 9 février 1779 ; morte à Paris, 20 mars 1847.

[1] William Wycherley, né vers 1640 à Clive, près de Shrewsbury ; mort 1ᵉʳ janvier 1715.

The Plain Dealer, joué en 1677.

« Je ne connais point, dit Voltaire, de comédie chez les anciens ni chez les modernes où il y ait autant d'esprit. »

[2] Pierre Letourneur, né en 1736, à Valognes ; mort le 24 janvier 1788 ; sa traduction du *Théâtre de Shakespeare* comprend 20 vol. in-8 (1776-1782).

— Nouvelle édition précédée d'une notice biographique et littéraire par d'œuvre de la Comédie, par Vanité. Cela est inintelligible pour un quart du parterre et obscur pour deux des autres quarts, tandis que tous comprennent dans *Andromaque*.

> L'amour d'Oreste,
> L'enlèvement qu'il se propose,
> Sa rivalité avec Pyrrus [*sic*].

Ceux qui ne sont pas sensibles à la partie sublime de Racine, applaudissent *Andromaque* comme une histoire amusante et qu'ils respectent vu le nom de Racine.

ALCESTE

> . . . .
> ... Morbleu ! je ne veux point parler,
> Tant ce raisonnement est plein d'impertinence !

Philinte devait lui répondre en riant : mon cher ami, « Passez la Manche », car le vrai ridicule d'Alceste est de se révolter contre l'influence de son gouvernement. C'est un homme qui veut arrêter l'Océan avec un mur de jardin. Beau idéal.

Le tort de cette comédie est peut-être de s'élever si fort qu'elle arrive à l'influence directe et palpable des gouvernements. Alceste est un homme howbeleur [*sic*] qui se révolte contre le gouvernement monarchique. Tout gouvernement croyant juste de pourvoir à sa conservation, Louis XIV aurait pu exiler Alceste qui fesait voir le ridicule et l'odieux de la monarchie. 6 janvier 1815.

PHILINTE

> . . . .
> Et donnez au procès une part de vos soins.

M. Horace Meyer, traducteur des Œuvres de Schiller et ornée du portrait de Shakespeare gravé sur acier. Paris, imprimerie d'Amédée Saintin, 1835, 2 vol. gr. in-8.

ALCESTE

Je n'en donnerai point, c'est une chose dite.

Un peu froid.

ALCESTE

..... Je voudrois, n'en coûtât-il grand'chose,
Pour la beauté du fait, avoir perdu ma cause.

R. [ri] 1re fois. 16 décembre 1813.

PHILINTE

Pour moi, si je n'avois qu'à former des désirs,
Sa cousine Eliante auroit tous mes soupirs ;

Exposition bien froide.

SCÈNE II

ORONTE, ALCESTE, PHILINTE

ORONTE

S'il faut faire à la cour pour vous quelque ouverture,
On sait qu'auprès du roi je fais quelque figure ;
Il m'écoute, et dans tout il en use, ma foi,
Le plus honnêtement du monde avecque moi.

Omis.

ORONTE

Sonnet. C'est un sonnet... *L'Espoir*... C'est une dame
Qui de quelque espérance avoit flatté ma flamme.
L'Espoir... Ce ne sont point de ces grands vers pompeux,
Mais de petits vers doux, tendres et langoureux.

**On rit de la mine de Fleury. Fleury exagère les gestes
et fait fort bien, car le spectateur qui n'est pas (*côlto*) saisi
par un geste, l'est par l'autre. Cela a cependant un défaut,**

c'est que ce n'est pas seulement une fausseté dans le sis-
tème général des choses, cela fait paraître l'interlocuteur
sot et sans tact. Si Oronte n'est pas aveugle, il doit
répondre aux gestes de Fleury, et ce qu'il dit se trouve
n'être plus naturel. Ces gestes gâtent ainsi la véritable
réponse. Sur le degré de fausseté nécessaire à chaque art,
voyez la note sur les *Balets de Vigano à* 1000 *ans* [Milan].

ALCESTE
Franchement, il est bon à mettre au cabinet.

R. grand rire.

C'est un peu violent, dit un sot que j'ai derrière moi
et qui ressemble beaucoup par la collection de petitesses
de vanité évidente, et la pureté de toute grandeur au
Comte Magistrat.

ALCESTE
. . . .
J'aime mieux ma mie, ô gué !
J'aime mieux ma mie.

Très bon, dit mon sot avec un ton de découverte.
C'est là le défaut de l'orchestre des Français, il est plein
de parodies de bon ton et du ton littéraire ; sur ces deux
ridicules surnagent une petitesse et un manque de sensibilité, un air content de soi, et pédant, enfin absolument
le Comte Magistrat de Dresde 1813. 16 décembre 1813.

ALCESTE
Et moi, je suis, monsieur, votre humble serviteur.

Fleury dit cela du ton d'un défi, je n'exagère point[1].

[1] Quelques années auparavant, Stendhal, 20 mars 1810, écrivait (*Journal*,
p. 359) : « Fleury n'a décidément plus de voix dans le *Misanthrope* ; mais, en
revanche, Mars est parfaite dans les *Fausses Confidences.* »

SCÈNE III
PHILINTE, ALCESTE

PHILINTE
Vous vous moquez de moi, je ne vous quitte pas.

Quel ouvrage sublime, quelle expression du caractère ! dit avec un air affecté, le sot qui est derrière moi, il ajoute en raisonnant avec une vieille badaude aussi affectée que lui : « D'abord, c'est que la Mysantropie [*sic*] tient toujours je crois à de la mauvaise humeur. »

Telle est la connaissance du cœur humain avec laquelle ils jugent.

ACTE II

SCÈNE PREMIÈRE
ALCESTE, CÉLIMÈNE

CÉLIMÈNE
Je pense qu'ayant pris le soin de vous le dire,
Un aveu de la sorte a de quoi vous suffire.

Jeu. Mlle Mars fait supérieurement ressortir le ton de fausseté de la société, cet édifice de convention, qui est renversé par la réplique pleine de naturel de Fleury :

Mais qui m'assurera que, dans le même instant,
Vous n'en disiez peut-être aux autres tout autant ?

SCÈNE V

ÉLIANTE, PHILINTE, ACASTE, CLITANDRE, ALCESTE, CÉLIMÈNE, BASQUE

CÉLIMÈNE

(A Alceste.)

Vous n'êtes pas sorti ?

r. [ri] de la mine de Mlle Mars.

. . . .

CÉLIMÈNE

C'est un parleur étrange, et qui trouve toujours
L'art de ne vous rien dire avec de grands discours :
Dans les propos qu'il tient on ne voit jamais goutte,
Et ce n'est que du bruit que tout ce qu'on écoute.

Cela était peut être naturel dans ce tems là où la bonne compagnie allait au sermon. Cela est hors de nos usages actuels, et y rentrera quand le souverain se fera prêcher des Carêmes. La révolution a mis hors d'usage le mot *confesser* remplacé par *avouer*.

CÉLIMÈNE

Il faut SUER sans cesse à chercher que lui dire ;

Terme devenu bas, la sensibilité du public souffre, comme quand on passe la main sur une blessure.

CÉLIMÈNE

Il regarde en pitié tout ce que chacun dit.

Je ne me laisse jamais influencer, dit la femelle du sot qui est *by me* avec un air très affecté et en même temps enchanté de sa belle phrase. Ridicule actuel. Nos sots y compris les petits littérateurs, bannissent le stile familier de la conversation. Leur critique sur le *Robinet des nouveautés* de Geoffroy.

ACTE III

SCÈNE VII
ALCESTE, ARSINOÉ

ARSINOÉ
Tous ceux sur qui la cour jette des yeux propices

Un peu froid.

ALCESTE
Et que voudriez-vous, madame, que j'y fisse?

Il répond trop au long. Il dogmatise mal à propos. C'est comme si à cette question simple : quel tems fait-il ce matin ? je répondais par la théorie phisique de l'atmosphère, du thermomètre, etc.

ARSINOÉ
Donnez-moi seulement la main jusque chez moi ;
Là, je vous ferai voir une preuve fidèle

Petit faux brillant italien.

De l'infidélité du cœur de votre belle ;
Et, si pour d'autres yeux le vôtre peut brûler,
On pourra vous offrir de quoi vous consoler.

Nuance exagérée, il fallait faire conclure cela au spectateur. Quand une femme fait des avances, elle s'y prend avec plus de grâce. La nuance est bien placée, mais elle est mal peinte.

La fin de cet acte est froide.

ACTE IV

SCÈNE PREMIÈRE
ÉLIANTE, PHILINTE

ÉLIANTE

Pour moi, je n'en fais point de façons, et je crois
Qu'on doit sur de tels points être de bonne foi.
Je ne m'oppose point à toute sa tendresse ;

On tousse, cela est archi froid. 16 décembre 1813.

SCÈNE II
ALCESTE, ÉLIANTE, PHILINTE

ÉLIANTE

Moi, vous venger ! comment ?

ALCESTE

En recevant mon cœur.
Acceptez-le, madame, au lieu de l'infidèle ;

r. [ri] de la singularité de la proposition.

SCÈNE III
CÉLIMÈNE, ALCESTE

ALCESTE
Ah ! que ce cœur est double, et sait bien l'art de feindre !

App.

CÉLIMÈNE
Il ne me plaît pas, moi.
Je vous trouve plaisant d'user d'un tel empire,
Et de me dire au nez ce que vous m'osez dire.

Les applaudissements de vanité qui disent : Je comprends parfaitement toute la finesse de ce Discours, cessent avec le premier acte. Les Vaniteux sont fatigués.

ALCESTE
Ah ! rien n'est comparable à mon amour extrême.

r. [ri] un peu de la duperie d'Alceste.

SCÈNE IV
CÉLIMÈNE, ALCESTE, DUBOIS

Mon sot dit avec mépris : « Je ne conçois pas cette scène, je crois que c'était afin de finir l'acte. »

Les sots vaniteux français montrent, jouent le mépris, dès qu'ils craignent que le comique qui leur est présenté ne soit trop grossier. S'il est vrai qu'on aimât la farce, dans la jeunesse de Louis XIV, nous sommes à l'autre bout du clavier. Peut-être quand ces guerres çi seront finies, lassés de la roideur, ferons-nous irruption dans la gaieté. Nous sommes dans la disposition la plus antifarce possible. Cette scène de Dubois est le seul petit repos de gaieté au milieu de tout ce sérieux.

ACTE V

SCÈNE PREMIÈRE
ALCESTE, PHILINTE

ALCESTE

. . . .
Il court parmi le monde un livre abominable,
Et de qui la lecture est même condamnable,

Fleury fait un contre sens dans ce vers.

                    ... on voit Oronte qui murmure,
Et tâche méchamment d'appuyer l'imposture !

Et la règle des vingt-quatre heures ?

· Et parce que j'en use avec honnêteté
Et ne le veux trahir, lui, ni la vérité,
Il aide à m'accabler d'un crime imaginaire !

Vrai sujet de colère pour un misantrope, par la disproportion de l'offense à la vengeance.

ALCESTE

. . . .
Et, loin qu'à son crédit nuise cette aventure,
On l'en verra demain en meilleure posture.

Ce n'est pas une plaisanterie (pour exagération). Une mauvaise cause connue pour telle, gagnée, augmente le crédit. Vérité enregistrée par Dubois.

PHILINTE

Mais enfin ..

ALCESTE

MAIS ENFIN, vos soins sont superflus.

Ri franc[hement] de la caricature de Fleury, il contre-fait les deux mots *mais enfin* de Philinte. Le public, après tant de sérieux, a soif de rire.

ALCESTE

Et me laissez enfin
Dans ce petit coin sombre avec mon noir chagrin.

Fleury n'est nullement ami (de Philinte), c'est une faute.

PHILINTE

C'est une compagnie étrange pour attendre;
Et je vais obliger Eliante à descendre.

Je mettrais : engager.

SCÈNE VI

CÉLIMÈNE, ÉLIANTE, ARSINOÉ, ALCESTE PHILINTE

ALCESTE

Et ce n'est point à vous que je pourrai songer,
Si par un autre choix je cherche à me venger.

Ri.

ARSINOÉ

Le rebut de madame est une marchandise

Terme bas.

LE MISANTHROPE

SCÈNE VII
CÉLIMÈNE, ÉLIANTE, ALCESTE, PHILINTE

CÉLIMÈNE
J'ai des autres ici méprisé le courroux ;

Nouveau trait de préférence ou de coquetterie.

La beauté des détails distrait de la froideur grande. Beauté par profondeur. Pour la moitié des spectateurs, le *Misanthrope* n'est qu'un poème didactique sérieux bien lu. Les tétons des actrices, les beaux habits des acteurs, les deux queues? du Misanthrope, le plaisir de lui reconnaître un ruban vert dans la lecture de la lettre et la scène de Dubois, sont les seules exceptions. 16 décembre 1813 [1].

[1] « Le *Misanthrope* est dans la comédie ce qu'*Athalie* est dans la tragédie ; ces deux chefs-d'œuvre ont le défaut d'être trop au-dessus de la portée du vulgaire. » (Geoffroy, I, p. 331, *Cours de Littérature dramatique.*)

II

TARTUFFE

SUR LE TARTUFFE [1]

ACTE PREMIER [2]

SCÈNE PREMIÈRE

MADAME PERNELLE, ELMIRE, MARIANE
CLÉANTE, DAMIS, DORINE, FLIPOTE

MADAME PERNELLE

1.   Et c'est tout justement la cour du roi Pétaud.

Excellent caractère de vieille, bilieuse et active. Toutes *2*
les vieilles à l'exception de celles qui ne le sont pas
comme Mme Du Deffand [3], ressemblent à Mme Pernelle.
Qui osera peindre une vieille après cette première scène,

---

[1] Dans le vol. IV, du *Molière*. — Dans le vol. V, p. 5 de l'éd. Didot.

[2] Je note que *le Tartuffe* fut joué le mardi 23 février 1814. — Stendhal
nous avait déjà dit (*Journal*, 1805, p. 174): « Nous sortons, Percevant et
moi, du *Tartuffe*, suivi des *Folies Amoureuses*. Mlle Mars a été divine
dans les deux pièces, mais particulièrement dans le commencement de la
brouillerie du *Tartuffe*, et la première entrée des *Folies*. Nous l'avons appelée
après la seconde pièce. » Et en 1806, *l. c.*, p. 317: « Le *Tartuffe*.
Mme Mars, l'idéal du beau; dans des moments elle me semblait une
figure vivante de Raphaël. Je me suis senti au bord de l'amour dans la
brouille. Je l'ai vue ensuite dans l'*Intrigue épistolaire*, l'inquiétude, la joie, la
finesse d'une grande âme. Quelles nuances ! Quelle vérité ! C'est sublime. »

[3] Marie de Vichy. — Chamron, marquise Du Deffand, née en 1697; morte
le 23 septembre 1780.

et celle de l'incrédulité ? Voilà un des véritables avantages d'être venu le premier. Nous avons des avantages que Molière n'avait pas. Il n'avait pas par exemple mon caractère de Williams, mais aussi celui de Mme Pernelle est bien autrement général. Il peut y avoir cent Williams en France, il y a deux ou trois millions de Mme Pernelle. Outre cela c'est un caractère éternel. Parler beaucoup, ne partir que de ses idées, ne recevoir aucune impression nouvelle, enfin des manières de voir formées avec peu d'esprit, mais soutenues avec opiniâtreté, sera encore le caractère de vieille dans deux mille ans.

MADAME PERNELLE

Vous êtes, ma mie, une fille suivante,
Un peu trop forte en gueule, et fort impertinente ;
Vous vous mêlez sur tout de dire votre avis.

Il faut dire ce vers comme s'il était précédé de la particule *car*. Cela montre le vrai chagrin de Mme Pernelle, c'est de ne pas avoir place pour parler, de n'être pas écoutée.

MADAME PERNELLE

Vous êtes un sot en trois lettres, mon fils ;
C'est moi qui vous le dis, qui suis votre grand'mère ;
Et j'ai prédit cent fois à mon fils, votre père,

Art de Molière, personne ne s'apperçoit que ces mots ne sont pas dans la nature. Il expose on ne peut pas plus clairement.

MADAME PERNELLE

..... Si j'étais de mon fils son époux,

Idem.

DORINE

Daphné, notre voisine,...

Ces noms grecs me choquent. La manière moderne de prendre des noms possibles vaut bien mieux quoiqu'il n'y ait nul mérite à l'avoir inventée.

Stendhal a ajouté sur l'avant-dernière feuille de garde du volume IV du *Molière, à propos de ce passage :*

NOTES FAITES A UNE LECTURE AVEC SEYSSINS

Dorine ne nous semble être ni dans la nature ni dans nos mœurs, ni dans celles de Louis XIV. Elle a trop d'esprit; et jamais les domestiques n'ont parlé si longuement devant leurs maîtres, excepté dans le peuple. Pourquoi Molière n'a-t-il pas mis toutes ces remarques fines, ces portraits qui supposent de l'observation et du tact, dans la bouche d'un personnage de la société, de Cléanthe par exemple !

C'est que, pour le parterre, cela a plus de grâce dans la bouche d'une femme, d'une soubrette.

Et plus loin, à propos de

à son corps défendant.

Le vulgaire rit un peu, comme d'une polissonnerie.

CLÉANTE
Et laissons aux causeurs une pleine licence.

Que l'acteur qui fait Cléante ait un ton animé, et le moins pédant qu'il sera possible ; cela relèvera beaucoup la pièce.

DORINE
Et l'on sait qu'elle est prude, à son corps défendant.

Les badauds rient démesurément de ce vers à cause

du mot *son corps*. Je crois qu'ils ne comprennent pas trop la phrase.

MADAME PERNELLE
... L'on est chez vous contrainte de se taire.

Voilà le vers du Role. Comme on ne revoit jamais ce qu'on a déjà vu, celui de l'Inconstant.

MADAME PERNELLE
Enfin les gens sensés ont leurs têtes troublées
De la confusion de telles assemblées ;

Ces deux vers peignent bien le parti des *Sots* et des *Tristes* dans la plupart des expositions, on voit un ami qui satisfait la curiosité de son ami. Ce sont là les meilleures, elles sont raisonnables. Ici un des caractères se peint, fait conclure sa définition et outre cela peint les autres, d'une manière piquante, en leur adressant leur portrait à eux-mêmes ; le spectateur regarde quelle mine ils font.

SCÈNE II
CLÉANTE, DORINE

DORINE
Oh ! vraiment, tout cela n'est rien au prix du fils :
Et, si vous l'aviez vu, vous diriez : C'est bien pis !
Nos troubles l'avoient mis sur le pied d'homme sage,
Et, pour servir son prince, il montra du courage.

Molière aurait dû avoir la petite attention de faire arriver Cléante d'Angleterre, ou de Bordeaux, ou de l'armée. Il vient de loin puisqu'il ignore que son beau-frère s'est bien conduit pendant la Fronde.

DORINE

Et, s'il vient à roter, il lui dit : Dieu vous aide !

La société et les convenances se sont perfectionnés. Ce vers serait exécrable fait aujourd'hui.

SCÈNE IV

CLÉANTE, DAMIS, DORINE

DORINE

Il entre.

Jeu. Ce mot très bien dit par Mlle de Vienne peint seul la manière dont Orgon est regardé dans sa famille.

SCÈNE V

ORGON, CLÉANTE, DORINE

CLÉANTE

Je sortois, et j'ai joie à vous voir de retour.

Ce vers ne cadre pas avec l'arrivée de Cléante d'un pays éloigné qui est nécessaire à la vraisemblance du récit de Dorine.

ORGON

Le pauvre homme !

Suivant l'idée de Barke, on n'aime bien que ce qui est absolument sans rivalité avec nous, de là vient que le mot *pauvre* exprimant *faiblesse*, est un mot de tendresse. Nous aimons et nous conférons notre protection. Ces deux jouissances se redoublent mutuellement.

Ce mot *pauvre* n'irait point dans l'amitié. On attend

du secours de son ami ainsi ce ne peut pas être une qualité pour lui que d'être faible, mais aussi on est bien loin
d'être sans rivalité avec lui.

DORINE

Pour réparer le sang qu'avait perdu madame,

Plaisanterie.

DORINE

Et je vais à madame annoncer, par avance,
La part que vous prenez à sa convalescence.

Sarcasme.

SCÈNE VI

ORGON, CLÉANTE

ORGON

Mon frère, vous seriez charmé de le connoître;
Et vos ravissements ne prendroient point de fin.
C'est un homme... qui... ah!... un homme... un homme
[enfin.

Je vois avec plaisir qu'il n'y a point de virgule après
enfin : Les acteurs jouent comme s'il y avait un point,
tandis que la définition suit, et qu'il faut dire comme
s'il y avait

Un homme enfin tel qui qui sait bien, etc. ;

ORGON

Et je verrois mourir frère, enfants, mère, et femme,
Que je m'en soucierois autant que de cela.

Excellent trait contre la religion, non pas celle de
l'Evangile, mais celle de nos prêtres. C'est peut-être un
de ces traits pour lesquels Bourdaloue blâme l'auteur.

Molière n'a pas pu faire conclure au spectateur cette
vérité, que l'homme religieux que Chateaubriant et
tous les dévots qui ont quelque éloquence, cherchèrent
à anoblir par les images les plus élevées et les plus tou-
chantes, n'est au fond qu'un égoïste complet et très
triste, un plat calculateur, qui sacrifie douze ou quinze ans
de plaisir, pour avoir en échange un bonheur éternel.
Rien n'est moins touchant que ce calcul par le spectacle
duquel on veut nous attendrir [1] et cependant tel est l'empire de l'éloquence, que peu de gens apperçoivent cette
vérité. Cela aurait fait une belle réponse de Cléante. Pour
qu'elle fût bien piquante, il faudrait la faire adresser à
un *Chactas* fesant le fat avec son éloquence, et sacrifiant
une fête charmante à Dieu, c'est-à-dire au plus égoïste
de tous les calculs. J'ai eu cette idée il y a deux ou trois
ans. Faute d'écrire, je me donne la double peine de trouver du nouveau.

ORGON

Un rien presque suffit pour le scandaliser,
Jusque-là qu'il se vint l'autre jour accuser
D'avoir pris une puce en faisant sa prière,
Et de l'avoir tuée avec trop de colère.

Pour le spectateur homme d'esprit, il n'y a plus rien
à dire sur Orgon, après cette tirade. Molière fait *conclure*
tout un caractère de trente vers. Mais aussi la critique
précédente subsiste. Je ne rirai pas beaucoup d'un
homme qui vient parler sérieusement de la mort d'une
puce. Tout au plus pourais-je rire si on me le montrait

[1] Saint François tenant dans ses bras l'enfant-Jésus, petit tableau charmant
du Dominiquin, au Musée n°.....

désappointé dans ce qu'il a de plus fort, c'est-à-dire sa
conduite, la manière dont il cherche le bonheur, les calculs qu'il fait pour cela, et auxquels il apporte plus d'attention sans doute qu'aux simples actions ordinaires.

ORGON

Mon frère, ce discours sent le libertinage :
Vous en êtes un peu dans votre âme entiché ;
Et, comme je vous l'ai plus de dix jours prêché,
Vous vous attirerez quelque méchante affaire.

Ne pas oublier que probablement cette scène serait
bien meilleure, si Molière, homme riche comme Regnard,
l'eût écrite dans ses terres, sans se soucier du lieu, ou du
temps où elle serait jouée.

Méchante

Prouve même qu'il y avait une espèce d'inquisition.
Louis XIV parlant de Faupertuis au duc d'Orléans
depuis régent.

CLÉANTE

En chaque caractère ils passent ses limites,
Et la plus noble chose, ils la gâtent souvent
Pour la vouloir outrer et pousser trop avant.
Que cela vous soit dit en passant, mon beau-frère.

Cela est fort bien dit : mais pour désabuser Orgon,
ne valait-il pas mieux parler des choses qu'il vient de
dire du récit de la manière dont Tartuffe s'est introduit
auprès de lui, et chercher à lui faire voir dans ces actions
les traces de l'hypocrisie.

Les critiques auraient dit alors que Molière s'était
donné beau jeu, en remplissant le récit d'Orgon de
choses appartenant évidemment à un hypocrite.

ORGON

Oui, vous êtes, sans doute, un docteur qu'on révère ;
Tout le savoir du monde est chez vous retiré ;
Vous êtes le seul sage et le seul éclairé,
Un oracle, un Caton, dans le siècle où nous sommes ;
Et près de vous ce sont des sots que tous les hommes.

Cléante, pour réussir à désabuser Orgon, devait surtout chercher à éviter que ce sot ne prît la chèvre de cette manière. Sa belle maxime générale « Les hommes la plupart sont étrangement faits », ne semble pas la plus propre du monde à ménager l'amour-propre de la petite tête à laquelle il a affaire.

CLÉANTE

Je ne suis point, mon frère, un docteur révéré,
Et le savoir chez moi n'est point tout retiré.
Mais, en un mot, je sais, pour toute ma science,
Du faux avec le vrai faire la différence.
Et, comme je ne vois nul genre de héros
Qui soient plus à priser que les parfaits dévots,
Aucune chose au monde et plus noble, et plus belle,
Que la sainte ferveur d'un véritable zèle ;
. . . .

Le raisonnement ci-dessus sur l'égoïsme de la dévotion montre qu'il y a quelque distance d'un martyr à Codrus, ou aux Bourgeois de Calais et tout le ridicule de cette assertion. Doit-on louer un avare passionné qui fait un commerce singulier, dans l'espérance qu'il lui rendra cent pour cent ?

CLÉANTE

Jamais contre un pécheur ils n'ont d'acharnement,
Ils attachent leur haine au péché seulement,
Et ne veulent point prendre, avec un zèle extrême,

Les intérêts du ciel, plus qu'il ne veut lui-même.
Voilà mes gens, voilà comme il en faut user,
Voilà l'exemple enfin qu'il se faut proposer.

Cela est pour l'Archevêque de Paris, mais il ne faut jamais dire de maxime générale à un sot, vous lui faites mal à l'esprit, vous le faites soufrir, ce n'est pas un moyen de le ramener.

CLÉANTE

Mais il est nécessaire
De savoir vos desseins. Quels sont-ils donc ?

ORGON

De faire
Ce que le ciel voudra.

Jésuitisme en action. Molière sort du raisonnement avec une rapidité admirable. L'action commence à cette dernière scène. L'action est le désabusement d'Orgon. L'idée la plus naturelle avec un sot de cette force était de conquérir l'Italie, en portant la guerre en Afrique, de porter le Tartuffe à quelque démarche démarcante. Par exemple d'être auprès d'Orgon l'espion des Jansénistes, si Orgon est moliniste comme il y a apparence. Un grand seigneur ami de Cléante ferait appeler Tartuffe, et éblouissant facilement un cuistre qui n'a pas le sou, quelque finesse qu'il ait, il pourrait au bout de trois semaines ou un mois d'intrigue tirer de Tartuffe quelque écrit propre à le perdre en le faisant passer sous les yeux d'Orgon. Ceci est une idée du moment. Je note toutes celles qui viennent sans leur faire subir d'examen.

J'observe qu'on a bien peu ri dans ce premier acte.

On a souri en reconnaissant l'excellence de quelques-uns des traits de Mme Pernelle ou d'Orgon, mais il faut se souvenir de la différence du rire au sourire. Dans un sujet qui frise l'odieux comme celui-ci, le premier acte est, ce me semble, celui où il est le plus possible de faire rire, car c'est le tems de la pièce où le spectateur hait le moins.

ACTE II

SCÈNE PREMIÈRE
ORGON, MARIANE

ORGON

Mariane !

L'armée ennemie fait un pas. Orgon annonce à sa fille qu'il veut la marier à Tartuffe. Cela rend le désabusement plus urgent.

SCÈNE II

ORGON, MARIANE ; DORINE (entrant doucement, et se tenant derrière Orgon, sans être vue).

Art excellent de Molière. Il rend piquant tout ce qui suit, et qui sans l'arrivée de Dorine eût été un peu fade, peut-être même un peu odieux. C'est un vautour déchirant tranquillement une colombe qui n'a aucune défense.

ORGON (apercevant Dorine)
. . . . . Que faites-vous là ?

Idem ; par le piquant, Molière distrait tout à fait les spectateurs, de l'odieux que peut avoir tout ce qu'Orgon va dire.

DORINE

Vraiment, je ne sais pas si c'est un bruit qui part
De quelque conjecture, ou d'un coup de hasard ;
Mais de ce mariage on m'a dit la nouvelle,
Et j'ai traité cela de pure bagatelle.

Une critique bien vieille et bien vraie, c'est que Dorine n'est pas du tout dans nos mœurs.

DORINE

Parlons sans nous fâcher, monsieur, je vous supplie,
Vous moquez-vous des gens d'avoir fait ce complot ?

Surprise piquante, par le ton de Dorine.

ORGON

J'avois donné pour vous ma parole à Valère ;
Mais, outre qu'à jouer on dit qu'il est enclin,
Je le soupçonne encor d'être un peu libertin ;

Un de ces mots dont le sens a totalement changé depuis le siècle de Louis XIV, où il voulait dire *indévot*.

ORGON

Ensemble vous vivrez, dans vos ardeurs fidèles,
Comme deux vrais enfants, comme deux tourterelles :

C'est une des prétentions de l'Eglise d'ôter le plaisir du mariage, elle est jalouse de tous les plaisirs, cela est une superbe vue politique dans Grégoire VII (Hildebrand) et une grande sottise dans les moutons qui gobent cette manière. *Polyeucte* dans la Tragédie de ce nom, met en avant sérieusement plusieurs maximes de Tartuffe comme

Ce Dieu est jaloux,

acte. . . scène. . .

ORGON

Te tairas-tu, serpent, dont les traits effrontés...

DORINE

Ah! vous êtes dévot, et vous vous emportez!

La mine d'Orgon prouve d'une manière invincible la force et la bonne foi de sa dévotion.

ORGON

(Il se met en posture de donner un soufflet à Dorine, et, à chaque mot qu'il dit à sa fille, il se tourne pour regarder Dorine, qui se tient droite sans parler.)

Ma fille, vous devez approuver mon dessein...

Voici le comble de la distraction. Le spectateur ne songe presque plus à ce que dit Orgon. Cette scène piquante a très bien dissipé le sérieux.

SCÈNE III

MARIANE DORINE

DORINE

Fort bien. C'est un recours où je ne songeois pas;
Vous n'avez qu'à mourir pour sortir d'embarras.

Ce vers a perdu de son comique depuis que la mode du suicide a fait des progrès, et que l'on a eu plus d'occasion de dire cela sérieusement.

DORINE

Là, dans le carnaval, vous pourrez espérer
Le bal et la grand'bande, assavoir, deux musettes,

Sarcasme. Rôle ridicule que l'on prête à quelqu'un en lui parlant à lui-même.

DORINE

Je suis votre servante.

MARIANE

Eh! Dorine, de grâce...

Jeu de théâtre qui peut être vrai au fond, mais qui de la manière dont il est exécuté a le défaut de détruire un peu l'illusion, en fesant penser qu'on est à la comédie.

MARIANE

Tu sais qu'à toi toujours je me suis confiée :
Fais-moi...

DORINE

Non, vous serez, ma foi, tartuffiée

Indécence bien vraie et bien bonne que notre bégueulisme actuel sifflerait outrageusement et avec indignation. On voit bien ici la vérité du bégueulisme que Beaumarchais reproche au public, dans la préface de *Figaro*.

SCÈNE IV

VALÈRE, MARIANE, DORINE

MARIANE

Eh bien, c'est un conseil, monsieur, que je reçois.

VALÈRE
Vous n'aurez pas grand'peine à le suivre, je crois.

Diversion la plus gracieuse possible, au sombre de la pièce. L'action se repose pendant cette scène. La marche de Molière est lente. Il peint parfaitement tout ce qu'il rencontre. Je voudrais qu'il y eut aussi une diversion gaie.

VALÈRE
Sans doute ; et votre cœur
N'a jamais eu pour moi de véritable ardeur.

MARIANE
Hélas ! permis à vous d'avoir cette pensée.

Jeu. Ce vers très tendrement avec l'œil fixe et ouvert.

VALÈRE (se tournant vers Mariane).
Mais ne faites donc point les choses avec peine ;
Et regardez un peu les gens sans nulle haine.

Sourire extrême, vue du bonheur, on est attendri.

DORINE
A vous dire le vrai, les amants sont bien fous !

Excellent vers qui fait durer notre sympathie en empêchant notre orgueil de l'attaquer.

DORINE
Mais, pour vous, il vaut mieux qu'à son extravagance
D'un doux consentement vous prêtiez l'apparence.
Afin qu'en cas d'alarme il vous soit plus aisé
De tirer en longueur cet hymen proposé.
En attrapant du temps, à tout on remédie.

Attrapant, excellent ton de Molière qui fait l'imposant

3

autant que nos sots écrivains actuels le recherchent.
Voilà un des grands vices de la conversation actuelle. La
monarchie en vieillissant chassera ce défaut.

DORINE

Quel caquet est le vôtre !
Tirez de cette part ; et vous, tirez de l'autre.

Qu'on ose comparer quelque comédie antique à cela !
n'ai-je pas bien raison de n'apprendre ni le grec ni le
latin.

ACTE III

SCÈNE PREMIÈRE

DAMIS, DORINE

DAMIS

Que la foudre, sur l'heure, achève mes destins,
Qu'on me traite partout du plus grand des faquins,
S'il est aucun respect ni pouvoir qui m'arrête,
Et si je ne fais pas quelque coup de ma tête !

Je voudrais tenir ici quelque partisan outré de la règle
de la voute : « Qu'on ne puisse rien ôter d'un drame. »
Ils consultent cette règle, au lieu d'avoir l'œil sur le cœur
du spectateur, seule boussole du poète, quelqu'Alfieri,
quelque Boileau, je suis peut être injuste envers ce dernier
en le nommant ici, il sentait peut-être le mérite de cette
scène mais aurait probablement désapprouvé par suite
de la même règle, et faute de regarder le cœur du spec-

tateur, le grand nombre d'acteurs du *Timon* et de Shakespeare.

Il est évident qu'on peut mettre cette scène après celle
de la proposition du mariage, en sautant la brouille,
sans qu'il y paraisse. Mais que de plaisir n'aura t'on pas
perdu, et combien plutôt le ton sérieux de la pièce ne
fatiguera t'il pas ?

DORINE

Ah ! tout doux ! envers lui, comme envers votre père,
Laissez agir les soins de votre belle-mère.
Sur l'esprit de Tartuffe elle a quelque crédit,
Il se rend complaisant à tout ce qu'elle dit,
Et pourroit bien avoir douceur de cœur pour elle.
Plût à Dieu qu'il fût vrai ! la chose seroit belle.
Enfin, votre intérêt l'oblige à le mander :

Stile, pour *la porte* à le mander. Obliger a changé de
sens.

DAMIS

Non ; je veux voir, sans me mettre en courroux.

DORINE

Que vous êtes *fâcheux !* Il vient. Retirez-vous.

Ce mot a aussi un peu changé, il est là pour importun.
On sent que l'attaque de Damis faite sans jugement
n'aura pas de succès.

SCÈNE II

TARTUFFE, DORINE

DORINE (à part)

Comme il se radoucit !
Ma foi, je suis toujours pour ce que j'en ai dit.

Jeu. Mlle de Vienne a grande raison de grossir sa voix d'une manière comique en disant ce vers.

SCÈNE III
ELMIRE, TARTUFFE

(Damis, sans se montrer, entr'ouvre la porte du cabinet dans lequel il s'était retiré, pour entendre la conversation.)

La présence de Damis caché met beaucoup de piquant.

ELMIRE
Que fait là votre main?

TARTUFFE
Je tâte votre habit: l'étoffe en est moelleuse.

Les Français sont bien heureux que cela ait paru avant leur siècle de bégueulisme.

TARTUFFE (maniant le fichu d'Elmire).
Mon Dieu! que de ce point l'ouvrage est merveilleux!
On travaille aujourd'hui d'un air miraculeux :
Jamais, en toute chose, on a vu si bien faire.

Tartuffe, malgré tout son esprit, est timide. Molière passe ici à côté d'une imperfection que *Mys[elf]* ne saurait pas éviter. A force de sublimer son Tartufle, il se fut dit : « Un homme de beaucoup d'esprit qui ne croit à rien et qui s'accru continuellement et avec le plus grand succès, à jouer la comédie, doit savoir parler à une femme, et n'être pas assez timide pour chercher à séduire une femme honnête en commençant par des caresses ; cette manière ne peut tout au plus convenir qu'à un très beau jeune homme de dix-huit ans. »

Ce raisonnement est juste, mais à force de diezer un *la* on en fait *si*, et il change de nature. Molière voulant jouer les hypocrites, il fallait que Tartuffe conservât un de leurs traits les plus distinctifs, malgré tout leur esprit la gaucherie, ou il n'était plus Tartuffe, donc en sublimant prendre garde à ne pas supprimer l'imperfection qui fait le caractère.

C'est comme si Cervantes à force de donner de l'esprit à D. Quichotte, lui eût ôté l'erreur, l'imperfection de vouloir mettre en vigueur la chevalerie errante.

Le défaut de *Mys[elf]* est un peu dans le genre de celui d'Alfieri, il provient de même de l'abus d'un esprit fort.

TARTUFFE

Il m'en a dit deux mots : mais madame, à vrai dire,
Ce n'est pas le bonheur après quoi je soupire ;
Et je vois autre part les merveilleux attraits

. . . .

Même remarque. Malgré son adresse Tartuffe emploie mal à propos les termes de dévotion, et étant d'un esprit supérieur dans l'art de séduire les hommes, il a gardé cette erreur, ridicule inhérent à chacun de ses discours, et sans lequel Molière eut été bien embarrassé pour éviter l'odieux tout le temps pendant lequel l'esprit du spectateur pense au ridicule de dire à une femme du grand monde

Ses attraits réfléchis brillent dans vos pareilles

d'où il suit qu'une paire de jolis tétons est une réflexion du Ciel.

Tout ce tems, dis-je, est volé à l'indignation, ou au

dégoût qu'eût produit la déclaration d'amour du Tartuffe.

> Il a sur votre face épanché des beautés, etc., etc.
> Sans admirer en vous l'Auteur de la nature

TARTUFFE

> Et je n'ai pu vous voir, parfaite créature,
> Sans admirer en vous l'Auteur de la nature
> Et d'une ardente amour sentir mon cœur atteint,
> Au plus beau des portraits où lui-même il s'est peint.

Jeu. Elmire fait un geste ou plutôt une mine d'horreur, Tartuffe reprend avec l'intonation de quelqu'un qui répond à une objection comme s'il y avait.

« Vous avez raison, d'abord j'appréhendai, etc. »

TARTUFFE

> Mais enfin je connus, ô beauté tout aimable !
> Que cette passion peut n'être point coupable,
> Que je puis l'ajuster avecque la pudeur,
> Et c'est ce qui m'y fait abandonner mon cœur.
> Ce m'est, je le confesse, une audace bien grande

Jeu. Tartuffe change ici tout à fait de ton. Il quitte l'intonation d'un homme qui répond à une objection, pour prendre le ton galant. Ce qui suit sont des galanteries de dévot (on m'annonce la Ballu que le Vice Roi a tourné casaque et que 60,000 hommes arrivent de la Suisse pour nous couper tous).

TARTUFFE

> De vos regards divins l'ineffable douceur
> Força la résistance où s'obstinoit mon cœur ;
> Elle surmonta tout, jeûnes, prières, larmes.

Y a t'il quelque chose de vrai là dedans ou le tout est-il belle hypocrisie toute pure ? me rapeler le bon caractère de frère Thimotée de la *Mandragore*, qui croit au fond et n'est qu'un peu hypocrite. Car qui n'a pas encore paru sur la scène française, et qui n'est esquissé dans Machiavel ?

TARTUFFE

J'aurai toujours pour vous, ô suave merveille !
Une dévotion à nulle autre pareille.
Votre honneur avec moi.....

Changement complet de ton. Prendre celui d'un homme qui expose avec chaleur des raisons qu'il croit évidentes.

ELMIRE

N'appréhendez-vous point que je ne sois d'humeur
A dire à mon mari cette galante ardeur,
Et que le prompt avis d'un amour de la sorte
Ne pût bien altérer l'amitié qu'il vous porte ?

Stile. Cela n'est pas assez vif; couper les deux derniers vers en mettant :

Peut-être un prompt avis, etc.
Pourrait bien altérer l'amitié

Il serait bon de contraster avec le stile périodique de Tartuffe.

ELMIRE

C'est de presser tout franc, et sans nulle chicane,
L'union de Valère avecque Mariane,
De renoncer vous-même à l'injuste pouvoir
Qui veut du bien d'un autre enrichir votre espoir ;
Et...

Abus du stile figuré. J'ai remarqué il y a trois ou quatre ans sur le *Misanthrope* que le langage familier admettait de nos jours bien moins de figures que sous

Louis XIV. Notre commerce avec les Anglais est, je crois, en partie cause de ce changement.

SCÈNE IV
ELMIRE, DAMIS, TARTUFFE

DAMIS (sortant du cabinet où il s'étoit retiré).

A détromper mon père, et lui mettre en plein jour
L'âme d'un scélérat qui vous parle d'amour.

Indignation de jeune homme; cela peint bien Damis, mais la scène eut eu plus d'effet si le caractère eut permis de lui faire dire à Tartuffe, deux ou trois plaisanteries ou sarcasmes bien vifs.

SCÈNE VI
ORGON, DAMIS, TARTUFFE

TARTUFFE

Et comme un criminel chassez-moi de chez vous;
Je ne saurois avoir tant de honte en partage,
Que je n'en aie encore mérité davantage.

ORGON (à son fils).

Ah! traître...

Voilà une des grandes *scènes probantes* de la pièce, une dénonciation de tentative d'adultère très probable, n'est pas crue par le mari, après une justification jésuitique. Il est fâcheux que la vérité du caractère d'Orgon n'ait pas permis de faire durer plus longtemps le danger du Tartuffe. C'est le seul qu'il coure dans la pièce. (Voyez la réflexion générale à la fin de la pièce.)

ORGON
Vite, quittons la place.
Je te prive, pendard, de ma succession,
Et te donne, de plus, ma malédiction!

Ce *de plus* là est un peu pamphlet. Peut-être était-il
nécessaire pour sauver de l'odieux. L'âme du spectateur
est sans cesse suspendue à deux pouces au dessus du
fleuve de l'odieux.

Voilà Damis battu. Il faut qu'il ait une irréussite dans
toutes les attaques mises sur la scène, autrement on ne
les croirait pas réelles. Mais ce Damis a peu d'esprit, sans
sortir de son caractère de jeune emporté de vingt-deux
ans, il fallait faire des politesses ironiques à Tartuffe en
présence du vieillard et lui payer exactement une rente
de coups de bâtons, jusqu'à ce qu'il eut déguerpi.

SCÈNE VII
ORGON, TARTUFFE

ORGON
Le pauvre homme! Allons vite en dresser un écrit :
Et que puisse l'envie en crever de dépit!

Vanité puérile d'Orgon, dans le genre de celle de
Pacé. Il commence trop à perdre de vue cet excellent
caractère original. La faute en est à la campagne de
Russie. Gina trouve que mes lettres d'il y a deux ans
étaient bien plus enflammées que celles de ce voyage-ci.
C'est ma léthargie[1].

[1] Voyez *Métastase*, tome XII ou XV.

ACTE IV

SCÈNE PREMIÈRE
CLÉANTE, TARTUFFE

CLÉANTE
Oui, tout le monde en parle,

Tout le monde peut-il parler d'une chose arrivée il y a trois ou quatre heures au plus ? Toutes les fois qu'on fait intervenir l'opinion publique, il faut allonger les vingt-quatre heures, au reste, il me semble que sans le dire, Molière et Corneille se sentent assez de ces règles de pédants. Cela comme la division en cinq actes est une invention de gens avec qui nous ne pourrions pas soutenir dix minutes de conversation, sans bâiller à nous démettre la mâchoire. Au reste quand nous voyons Émilie se faire rendre compte de l'état de la conjuration dans le cabinet de l'Empereur, n'est-il pas évident qu'il n'y a pas unité de lieu ? mais comme dit Horace :

Il faut ménager les habitudes du peuple des specta-teurs.

CLÉANTE
Sacrifiez à Dieu toute votre colère,
Et remettez le fils en grâce avec le père.

Scène qui me semble ennuyeuse ; Tartuffe étant un hypocrite comme le spectateur en a la preuve, à quoi bon le mettre à pied de mur, puisqu'il n'y a pas de spectateurs ? Cléante pouvait tout au plus lui faire une menace énergique de quatre vers, appuyée de la vue d'un pistolet. Voila la nature, mais était-elle bonne à mettre en scène.

CLÉANTE

Quoi! le foible intérêt de ce qu'on pourra croire
D'une bonne action empêchera la gloire?

Ici la figure que Molière prend pour faire son vers, est une absurdité. Sans doute si le public ajoute foi à une fausseté, la vérité n'aura pas de gloire.

TARTUFFE

Que tout ce bien ne tombe en de méchantes mains;
Qu'il ne trouve des gens qui, l'ayant en partage,
En fassent dans le monde un criminel usage,
Et ne s'en servant pas, ainsi que j'ai dessein,
Pour la gloire du ciel et le bien du prochain.

Voilà le ton dont Tartuffe répondra jusqu'à demain; que prétend Cléante? en tirer un aveu? ou le croit-il de bonne foi et seulement manquant de lumières ou prétend-il lui donner des leçons sur ce qu'est l'opinion publique? fichue scène, d'autant plus mauvaise qu'elle redouble le vice auquel l'ouvrage ne penche déjà que trop. Cette scène redouble le sombre et mène droit à l'odieux; de plus elle ennuie. Mais elle fut peut-être nécessaire à Molière pour la police.

SCÈNE III

ORGON, ELMIRE, MARIANE, CLÉANTE, DORINE

MARIANE (aux genoux d'Orgon).

Et cette vie, hélas! que vous m'avez donnée,
Ne me la rendez pas, mon père, infortunée.

Belle ombre qui prépare très bien la scène d'Orgon sous la table.

ORGON (se sentant attendrir).
Allons, ferme, mon cœur! point de foiblesse humaine!

Vers qui montre la religion empêchant l'effet de la simpathie naturelle à l'homme.

ORGON
Vous étiez trop tranquille, enfin, pour être crue;
Et vous auriez paru d'autre manière émue.

Qui diable vous demande votre théorie! elle est d'autant plus déplacée ici, qu'il faut détourner Orgon, et promptement, de donner sa fille à Tartufle.

SCÈNE IV
ELMIRE, ORGON

ELMIRE
Approchons cette table, et vous mettez dessous.

Concision admirable. Un moderne auroit mis là une préface infinie.

SCÈNE V
TARTUFFE, ELMIRE; ORGON (sous la table).

TARTUFFE
Qu'un peu de vos faveurs, après quoi je soupire,
Ne vienne m'assurer tout ce qu'ils m'ont pu dire,
Et planter dans mon âme une constante foi
Des charmantes bontés que vous avez pour moi.

Voilà un homme d'esprit et de caractère mais qui a

conservé le ridicule de ses termes de piété. Au reste, il est assez malaisé d'avoir deux langages. On peut citer en exemple les comédiens qui, quand ils sont bons, sont dans le monde ce qu'ils sont sur la scène, et qui, quand ils sont mauvais comme Alex. Duval, portent sur la scène ce qu'ils sont dans la société.

ELMIRE

Sied-il bien de tenir une rigueur si grande?
De vouloir sans quartier les choses qu'on demande,
Et d'abuser ainsi, par vos efforts pressants,
Du foible que pour vous vous voyez qu'ont les gens?

Mauvais stile de [maxime, ou Molière]..... qui jette une froideur extrême dans un dialogue qui devrait être brûlant.

TARTUFFE

Si ce n'est que le ciel qu'à mes vœux on oppose,
Lever un tel obstacle est à moi peu de chose;
. . . .

Ici la tournure *On* est fort bonne pour faire l'équivoque.

ELMIRE

Il n'importe; sortez, je vous prie un moment;
Et partout là dehors voyez exactement.

Voilà sans doute la situation la plus forte qui soit au théâtre, et que notre bégueulisme n'y laisserait sans doute pas mettre de nos jours.

SCÈNE VII

TARTUFFE, ELMIRE, ORGON

ORGON (arrêtant Tartuffe).

Vous épousiez ma fille et convoitiez ma femme !
J'ai douté fort longtemps que ce fût tout de bon,
Et je croyais toujours qu'on changeroit de ton ;

Toujours ce maudit *on*.

TARTUFFE

Que j'ai de quoi confondre et punir l'imposture,
Venger le ciel qu'on blesse, et faire repentir
Ceux qui parlent ici de me faire sortir !

Voilà l'odieux qui commence.

ACTE V

SCÈNE PREMIÈRE

ORGON, CLÉANTE

CLÉANTE

Mais au vrai zèle aussi n'allez pas faire injure,
Et, s'il vous faut tomber dans une extrémité,
Péchez plutôt encor de cet autre côté.

Passage mis pour la police de Parlement et de
Mgr l'Archevêque, et que l'on fait fort bien de supprimer.
Si Cléante a de l'esprit, ce dont sa scène avec Tartuffe
me fait un peu douter, il doit savoir qu'un sot tel

qu'Orgon, est incapable de se conduire par raisonnement, et qu'il est de ces gens qui ne marchent qu'en
vertu de leurs préjugés, et que ce qu'il y a de pis c'est
de les accoutumer à raisonner leur conduite. « On dit, on
fait, c'est l'usage, » doivent être leurs lois suprêmes sans
cela il n'est pas de bêtise alors où ils ne puissent tomber.

F͞y [Fleury] par manque de caractère trouvait toujours
au milieu de l'action une objection nou[velle] au raisonnement par lequel il s'est décidé.

> Les préjugés, ami, sont une loi du vulgaire,

est une chose fort vraie, mais dans un autre sens que
celui de Voltaire ; et le plus grand tort des philosophes.

SCÈNE IV

ORGON, Madame PERNELLE, ELMIRE, MARIANE,
CLÉANTE, DAMIS, DORINE, Monsieur LOYAL

ORGON (à part).

Du meilleur de mon cœur je donnerois, sur l'heure
Les cent plus beaux louis de ce qui me demeure,
Et pouvoir, à plaisir, sur ce muflle asséner
Le plus grand coup de poing qui se puisse donner.

On a tort de supprimer ces quatre vers qui relèvent
un peu Orgon, et nous rappellent l'homme qui s'est distingué dans les guerres de la Fronde. Orgon n'intéresse
plus comme étant tombé trop bas. Au reste c'est une
terrible épreuve que celle de cent cinquante ans passés
sur une pièce comique. On voit ce que cette masse
d'années peut faire même sur une Tragédie dans le sort
de *Bajazet* (Feuilleton du 4 novembre 1813). Jadis on

s'intéressait à Atalide ; aujourd'hui que l'amour partage
l'empire du théâtre avec les autres passions, c'est Roxane
qui est l'objet de l'intérêt.

SCÈNE V

ORGON, Madame PERNELLE, ELMIRE, CLÉANTE,
MARIANE, DAMIS, DORINE

. . . .

ORGON

Taisez-vous. C'est le mot qu'il vous faut toujours dire.

On a encore grand tort de supprimer ces dix vers qui
éloignent le sentiment de l'odieux.

SCÈNE VI

VALÈRE, ORGON, Madame PERNELLE, ELMIRE,
CLÉANTE, MARIANE, DAMIS, DORINE

VALÈRE

Le moindre amusement vous peut être fatal.
J'ai, pour vous emmener, mon carrosse à la porte,

Vu l'état du luxe, en 1664, nous sommes ici avec des
gens de la première volée. Molière probablement pour
donner plus de généralité au tableau a fait que Damis
ne parlât pas de son régiment ou de sa charge de prési-
dent.

SCÈNE VII

TARTUFFE, UN EXEMPT, Madame PERNELLE ORGON, ELMIRE, CLÉANTE, MARIANE, VALÈRE, DAMIS, DORINE

L'EXEMPT

Venant vous accuser, il s'est trahi lui-même,
Et, par un juste trait de l'équité suprême,
S'est découvert au prince un fourbe renommé,
Dont sous un autre nom il étoit informé.

Il y a des caractères de *Tartuffe* dans *Gil Blas* dont la
scène est placée dans un pays fort religieux.

ORGON (à Tartuffe que l'exempt emmène).
Eh bien, te voilà traître!...

Orgon outre qu'il est un sot, est une âme basse.

FIN DES NOTES SUR LE *Tartuffe*.

RÉFLEXIONS GÉNÉRALES SUR LE *TARTUFFE*

La marche de cette pièce n'est pas rapide, il est vrai, mais Molière peint parfaitement bien tout ce qu'il rencontre.

Orgon est un sot et une âme étroite. Tartuffe un homme fin, un bon comédien qui ne peut se défaire en parlant à Elmire des manières de parler ridicules, qui, par l'usage journalier, sont devenues habituelles chez lui. Damis est un jeune homme nullement remarquable par l'esprit, il en est de même du raisonneur Cléante. Dorine qui est toujours prête à employer l'*industrie* a beaucoup d'esprit. La dignité d'Elmire nous cache le sien. L'esprit d'une jeune femme décente, est diablement voilé en France, pour les convenances. Tartuffe est un personnage en dedans qui ne fait jamais de confidences à personne. Ses confidences auraient fait mal au cœur.

De qui rit-on dans cette pièce ?

Il faut avouer qu'on rit peu. Voilà un défaut auquel il était facile à un homme tel que Molière de remédier, placer par exemple un vrai dévot à côté de Tartuffe, un vieil évêque pieux, oncle d'Elmire âgé de soixante-dix ans et retiré à Paris, comme l'ancien évêque d'Alais,

Mr de Bausset [1] où il jouit de beaucoup de considération
dans la clique dévote. C'est en sa présence que l'attaque
de Cléante qui commence le quatrième acte aurait été
sensée. Il importe à Tartuffe que ce saint homme ne soit
pas contre lui. Il le ménage extrêmement. C'est dans le
désir de se le concilier, qu'on pourrait trouver le moyen
de nous montrer une ou deux fois Tartuffe désapointé.
L'évêque dirait à Orgon devant Tartuffe : Ces messieurs
sont infâmes, en parlant des momes prêchés par Tartuffe
un instant auparavant. Celui-ci trouverait moyen de se
retourner. A la fin, l'évêque qui a assez d'esprit, serait
convaincu de la scélératesse de Tartuffe, mais pour ne
pas nuire dans le public à la cause de la religion ne voudrait rien faire contre lui. Voilà une source de mouvement. D'ailleurs dans cet évêque, on pouvait présenter,
toute police à part, les ridicules des vrais dévots, montrer combien il est facile d'abuser de quelques-unes de
leurs maximes.

Je trouve à cette pièce un peu du défaut de *Télé-
maque*, les caractères n'y sont pas marqués par assez de
traits. Tartuffe par exemple gagne une grande fortune à
bon marché. Il n'est embarrassé qu'une fois à l'accusation
de Damis, et il se justifie avec tant de facilité que réellement il n'y a pas de mérite. Le personnage du vieil
évêque est un premier aperçu dans un moment où
malgré moi je pense à plusieurs choses (je crains que la
comtesse S. ne dissimule avec moi, and. . . . .)
mais il aurait cet avantage d'embarrasser un peu Tartuffe.

---

[1] Le cardinal Louis-François de Bausset, de l'Académie française, né à
Pondichéry le 14 décembre 1748, mort le 21 juin 1824.

Sans doute en fesant Orgon moins bête, Tartuffe aurait plus à faire. Mais faire Orgon moins crédule, n'est-ce pas le dénaturer? Tartuffe a à ménager en général son parti, en particulier sa dupe. Pourquoi ne pas le montrer recevant un des matadors de son parti et lui donnant à déjeuner? Mélange comique de la sensualité et du langage mortifié de la pénitence. Les repas sont froids à la scène.

Pourquoi nous montrer Orgon tout séduit? Cela n'a-t-il pas des inconvénients analogues à nous montrer Dandin contrit et humilié, tout à fait guéri de la vanité qui lui a fait faire un mariage noble, et préparé à recevoir avec soumission tous les camouflets qu'il peut lui attirer? Une scène de séduction nous aurait montré comment Tartuffe s'y est pris pour arriver au point où nous le voyons.

Il convierait Orgon à quelque mauvaise action, les anciens principes d'honneur s'opposant chez un sot, aux suggestions d'un homme de beaucoup d'esprit qui les surmonte avec le langage mielleux de la dévotion et par les maximes de la religion, formait une scène du plus haut comique.

Pour faire rire, de tems en tems, Tartuffe serait arrêté court, un instant, par un argument jaculatoire d'Orgon, une question, etc. Cette scène dans L
est bonne, mais bien moins comique puisque L
n'est pas un homme éminemment dévot comme Tartuffe.

Voilà deux objections qui me semblent dignes de la pièce.

La première qu'il fallait nous montrer Tartuffe en

danger, par le moyen du vieil évêque, si l'on veut, à qui Orgon aurait fait confidence des maximes à lui inspirées par Tartuffe, maximes dont le vieil évêque s'effaroucherait.

La deuxième qu'il fallait nous montrer Tartuffe exerçant son métier, c'est-à-dire séduisant Orgon.

Les défauts de la pièce sont 1° d'être un peu froide, une des causes c'est que l'action marche lentement.

2° qu'on y rit trop peu.

Une des causes de la froideur c'est sans doute l'imbécillité presque obligée d'Orgon.

On pourrait remédier à ce défaut en le doublant du vieil évêque.

Ou en le fesant amoureux de sa femme à laquelle il aurait tout confié. Au premier abord ce second moyen semble rendre difficile la scène de la table, mais cela peut s'arranger. Cet amour motive même la tentative de séduction de Tartuffe, qui ne serait plus mu simplement par l'envie d' — cette femme, mais qui aurait le motif plus digne d'un ambitieux hypocrite, que, pour mener tout à fait Orgon, il a besoin d'être d'accord avec sa femme. Cela préviendrait la critique de La Bruyère (Article *Onuphre*)[1], qui au reste me semble peu fondée.

Je crois que le succès de la pièce est dû en partie à la

[1] « *Onuphre* n'a pour tout lit qu'une housse de serge grise, mais il couche sur le coton et sur le duvet ; de même, il est habillé simplement, mais commodément, je veux dire d'une étoffe fort légère en été, et d'une autre fort moelleuse pendant l'hiver ; il porte des chemises très déliées, qu'il a un très grand soin de bien cacher. Il ne dit point *ma haire* et *ma discipline* ; au contraire, il passerait pour ce qu'il est : pour un hypocrite, et il veut passer pour ce qu'il n'est pas, pour un homme dévot. Il est vrai qu'il fait en sorte que l'on croie, sans qu'il le dise, qu'il porte une haire et qu'il se donne la discipline...... »

(La Bruyère, *les Caractères*, Paris, Didot, 1853, in-8, *De la Mode*, p. 443.)

scène de la table, qui est le *qu'il mourût* de la comédie.

Quels seraient les moyens de faire rire davantage dans le *Tartuffe*?

Ecrit à Milan dans l'intervalle des rendez-vous du 9 au 11 novembre 1813 [1]. Lu à Milan le 8 mars 1816, malade de battemens d'artère nerveux. Approuvé autant que le permet le peu d'attention que je me permets. Si je meurs, regret d'avoir fait l'A[mour], au lieu de travailler au genre Mocenigo.

[1] Avec la comtesse Simonetta.

III

L'AVARE

L'AVARE PEUT-IL ÊTRE RIDICULE[1]?

Oui.

1° Le *véritable Avare*, en le montrant pusillanime à force d'avarice, n'osant rien hasarder, manquant les plus belles occasions de gagner, de doubler ses fonds et se désespérant ensuite de ne pas avoir fait ces spéculations, en un mot, se trompant sur la chose où sa passion lui fait croire qu'est le bonheur.

2° (Deuxième espèce d'Avare) l'*Ambitieux de plaisirs ou d'honneurs voulant aller à son but en amassant de l'argent*. Il est ridicule quand on le montre prenant le moyen pour le but, manquant les plus belles occasions de plaisirs ou d'honneurs, faute de vouloir faire quelque dépense. Il est ensuite instruit de sa bévue par un Railleur, son antagoniste ordinaire qui lui rend ces pertes cuisantes, en lui faisant sentir la douceur des plaisirs manqués[2].

(Destouches a décrit un Avare de ce genre dans *le Dissipateur*, je crois[3].)

---

[1] A la fin du vol. IV du *Molière*. — Dans le vol. VI, p. 5, de l'édit. Didot.

[2] On a joué l'*Avare*, le mardi 1ᵉʳ février 1814, avec Lacave, Michelot, Vanhove, Faure, Dumilâtre, Cartigny, Baudrier, Firmin, Artiguenave. Mᵐᵉˢ Dupuis, Michelot, Dupont; il fut repris le vendredi, 4 mars 1814, avec Michot en plus; Faure, Cartigny en moins; et les mêmes femmes.

[3] C'est bien dans *le Dissipateur* qui fut joué à la Comédie-Française le samedi 15 janvier et le samedi 5 mars 1814, avec la distribution: Fleury,

Quant à l'*Avare* de Molière, c'est un caractère bien peint, mais comme on ne le montre point se trompant, dans sa passion, le comique glisse sur lui, et les positions comiques où Molière le montre ne s'élèvent pas au-dessus de *la plaisanterie*, ne produisent que de la plaisanterie, au lieu de fournir du comique [1].

Note 1, page 16 (édition in-8° de 1804).

Cette scène suppose un amour extrême entre Valère et Elise, et ne le prouve point par le coloris. Il fallait attacher en montrant à nu, les sentiments de deux cœurs tendres. On peut se rappeler le premier duo *del matrimonio segretto*. Cette scène manque donc de chaleur et de vérité dans la couleur.

L'action de Valère pouvait le mener à être pendu. Il est dans le caractère de l'*Avare* de mettre sa fille dans un couvent, avec une mince pension alimentaire, et de faire pendre Valère.

On pouvait peindre Valère heureux, s'inquiétant peu de l'avenir et cherchant à consoler Elise par sa gaieté, et le tableau de ses espérances. Cette manière pouvait faire naître de charmantes peintures d'amour. Elise aurait

Saint-Fal, Armand, Desprez, Vanhove, Firmin, Mme Emilie Contat, Bourgoin, Mars, Michelot, Regnier, Dupont :

GÉRONTE, oncle du dissipateur Cléon :

... J'entre, j'ouvre mon coffre, et puis mon cher argent
Me console. J'en ai de quoi remplir deux pipes :
. . . .

[1] Page 73 de — LE DISSIPATEUR ou l'honnête Friponne, Comédie, par M. Nericault Destouches, de l'Académie Françoise. A Paris, chez Prault pere, Quay de Gèvres, au Paradis. — M. DCC. XXXVI. Avec Approbation et Privilège du Roy. Pet. in-8.

[1] Voyez au Chapitre [Livre] la définition de ces mots.

paru craintive, tremblante, aurait exposé les uns après
les autres les motifs de ses craintes et toutes ses objections auraient été successivement détruites par l'amour et
les paroles rassurantes de son amant. Ce moyen avait
l'avantage d'amener l'exposition très naturellement, de
montrer Valère comme un homme voyant les choses de
plus haut.

Valère aurait été peint se moquant davantage des
actions de l'*Avare*; dans la scène de *sans dot*, il a l'air
uniquement de suivre ses intérêts, et ne se moque pas
du ridicule de l'*Avare*: Cette manière aurait aidé le parterre à rire du comique de ces scènes, Valère aurait fait
des plaisanteries sur le caractère, et aurait ainsi paru
plus brillant et plus noble, ces deux sensations ne sont
point données par la pièce. Valère a l'air trop intendant :
il y avait une source de comique gracieux, en montrant
Valère faisant des balourdises dans son métier et cherchant en plaisantant comment il doit s'y prendre pour
bien s'en tirer.

Cette scène peut être parfaitement vraie pour M. de
Roicy, mais arrangée à notre manière, elle lui serait plus
agréable (pourvu toutefois qu'il n'y eût pas trop de passion).

Des scènes de cette nature feraient une peinture nationale, peu agréable peut-être, mais qui peindrait parfaitement nos mœurs, au philosophe qui, dans mille ans.
voudrait les connaître.

Nº 2, page 21.

Le coloris de cette scène ne prouve point encore la
résolution forte qui y est énoncée. On est fâché de voir

Cléante se proposer d'aller *chercher en d'autres lieux la fortune que le ciel voudra lui offrir.* Ce manque de raison affaiblit tout ce qu'il dit contre son père.

Il fallait dès l'abord précipiter le spectateur au milieu d'un événement qui lui fit conclure tout ce que Cléante avance, lui fit voir son genre de vie, et une partie des rapports d'Harpagon avec le monde.

Je ne sais pourquoi Molière, dont le caractère mélancholique sentit si bien l'amour et la jalousie, s'est refusé la peinture d'amants passionnés, le meilleur passeport pour faire tout passer, même la plus sublime philosophie.

(Commentaire sur Molière, de Simonin, comparaison de Regnard à Molière, page   .)

6ᵉ principe.

Une scène ne nous semble bonne qu'autant qu'elle produit *changement* dans la position du personnage[1].

Quel *changement* produit celle-ci ? d'apprendre à Élise que son frère est amoureux. Ce qui produit peu d'effet. Le but de celui-ci en venant parler à sa sœur n'est pas raisonnable.

Note 3, page 29.

Marmontel, tome 2, page 143, édition complète, assure que Molière a mis *l'autre.*

Les autres nous paraît un mot exagéré dans tous les cas. Si l'Avare était plus passionné dans cette scène, il pourrait dire l'autre, et ne se rappelant plus ou plutôt craignant de n'avoir pas assez examiné la première :

[1] Oui, dans une comédie d'intrigue, mais une scène qui fait rire, sans changement, est bonne.

mais l'Avare n'est point passionné dans cette scène, il ne fait à ses yeux qu'exécuter un devoir.

Pendre un haut de chausse nous semble naturel dans un homme qui, songeant toujours aux voleurs, regarde la potence comme le seul moyen d'empêcher de prendre ou de recéler.

Ce qui fait rire dans le reste de la scène, c'est le désapointement de vanité que reçoit l'Avare, désapointement qui serait bien plus grand si l'Avare étoit le comte de Barral[1]. Le pot de chambre jeté avec une manche de livrée, la seringue pour tirer le bouillon, la malle pleine de bougie.

Le comte de B... surpris dans l'action de tirer le bouillon avec une seringue est vraiment comique parce que la vanité est en souffrance. Au lieu du comte, vous mettez M. Gerard, un plat apothicaire de la Grande Rue, le comique diminue beaucoup : où l'on voit que Molière a manqué le principal moyen de rendre l'Avare comique, c'est de le montrer obligé à un certain faste.

On objecte que l'Avare, se soumettant encore à un certain faste, n'est pas l'avare pur ; on répond que l'Avare pur ayant cent mille livres de rentes et vivant avec 10 sols par jour, ne donnerait au parterre que le plaisir de la singularité, on dirait c'est un personnage de petites maisons (voir l'excellent M. Edger, *Bibliothèque britannique*[2], vers 1804).

Nous avons conçu l'Avarice, Louis et moi, en nous

---

[1] Avare de qualité et homme d'esprit qui florissait à Grenoble, vers 1770, grand-père je crois de mon ami, le Vicomte.

[2] *Bibliothèque britannique*, rédigée par Auguste Pictet et F.-G. Maurice. Genève, 1796-1815, 140 vol. in-8.

supposant économisant et dînant avec 30 sols pour faire un grand voyage qui exige 100 louis. Parvenus à cette somme l'habitude est prise, l'on trouve du plaisir aux privations, par l'effet de la passion de voyager. Ayant ces 100 louis dans notre secrétaire, nous nous ferions quelques raisonnements pour nous prouver qu'il nous en faut 200 pour faire ce voyage avec agrément. Le voyage sera éloigné plusieurs fois sous des prétextes.

Quelle passion nous fera éloigner le voyage ?

Il arive que 1° le sentiment de *puissance réelle* que me donne la possession de ces beaux doubles Napoléons, et 2° le plaisir de faire des châteaux en Espagne sur cet argent, l'emporte sur le désir du voyage qui s'est affaibli dans mon âme *occupée* maintenant à faire des châteaux en Espagne, fondés sur ce trésor.

IV

LES FOURBÉRIES DE SCAPIN

LES FOURBERIES DE SCAPIN[1]

Épigraphe de ce commentaire

« Des choses communes, qui ne méritent
« presque pas la peine d'être dites, mais
« qui sont vraies. »

ACTE PREMIER[2]

———

SCÈNE PREMIÈRE

OCTAVE, SILVESTRE

OCTAVE

Ah! parle si tu veux, et ne te fais point, de la sorte, arracher les mots de la bouche.

Art admirable de Molière, il fait avaler ce morceau d'exposition au moyen du piquant de ce genre de dialogue. Tout de suite quelque chose d'original qui réveille.

. . . .

Page 131. Dialogue singulier.

[1] Dans le vol. V du *Molière.* — Dans le vol. VII, p. 131, 209 de l'édit. Didot.

[2] *Les Fourberies de Scapin* étaient jouées à l'époque par Baptiste Cadet, Thénard, Vanhove, Faure, Firmin, Valmore, Artiguenave. M Pelicier, Boissière, Dupont (mercredi 22 décembre 1813 et mardi 1ᵉʳ mars 1814).

5

SILVESTRE

... ; et je vois se former de loin un nuage de coups de bâton qui crèvera sur mes épaules.

Plaisanterie. L'on rit et l'on aime Silvestre.

SCÈNE II

OCTAVE, SCAPIN, SILVESTRE

SILVESTRE

Il consulte dans sa tête, agite, raisonne, balance, prend sa résolution : le voilà marié avec elle depuis trois jours.

C'est la strette de l'air.

OCTAVE

Et, par dessus tout cela, mets encore l'indigence où se trouve cette aimable personne, et l'impuissance où je me vois d'avoir de quoi la secourir.

Ici Scapin doit faire semblant d'attendre qu'on lui découvre la grande difficulté.

Page 134. Un caractère plein de force et d'esprit.

Pages 136-7. Peinture vraie du commencement d'une passion.

Page 138. Stile rapide qui amuse. Pour que ces nuances fassent effet, il faut un génie de premier ordre.

SCAPIN

Je les aurais joué tous deux par dessus la jambe.

Avec la faiblesse d'enfant d'Octave.

SCÈNE III
HYACINTE, OCTAVE, SCAPIN, SILVESTRE

HYACINTHE

Page 140. Peinture vraie d'une jeune fille amoureuse.
Page 140. J'ai ouï dire,...

Remarquez l'exactitude du coloris. Molière qui, pour faire plus vite, tourne souvent en maxime, manière avec laquelle il transporte dans la comédie ses pensées de philosophe toute crues sans se donner la peine de les accorder au caractère, se garde bien d'en user ainsi, dans un endroit où il faut la plus grande justesse de nuance.

SCÈNE IV
OCTAVE, SCAPIN, SILVESTRE

SCAPIN

Page 142. Contraste amusant du caractère ferme de Scapin mûri par l'usage, et de sa facilité.

SCAPIN

Bon. Imaginez-vous que je suis votre père qui arrive.....

Second petit moyen de faire avaler.

SCÈNE VI
ARGANTE, SCAPIN ; SILVESTRE, dans le fond du théâtre.

Page 145. Excellente scène de flatterie, et la plus difficile possible puisque le *flatté* est passionné et qu'on l'interrompt dans la recherche du bonheur de sa passion. Manière

d'employer des rognures de caractère. Mais après cette
scène traitez si vous pouvez le sujet du *flatteur*.

ACTE II

SCÈNE PREMIÈRE
GÉRONTE, ARGANTE

GÉRONTE

Ma foi, seigneur Argante, voulez-vous que je vous dise ? l'éducation des enfants est une chose à quoi il faut s'attacher fortement.

Dans les pièces à un seul caractère, tout le plaisir sort
d'une seule source (Arnolphe, *École des femmes*), l'auteur
a cet avantage qu'il n'a besoin que d'une seule exposition, mais aussi il faut plus d'attention dans le spectateur.
Dans les comédies, au contraire, du genre des *Fourberies de Scapin*, le plaisir vient de mille petits thèmes
(musique) successifs que traite l'auteur. Par exemple ici.

ARGANTE

Et si ce fils, que vous avez en brave père si bien morigéné, avait
fait pis encore que le mien ? Hé ?

GÉRONTE
Comment ?

Très piquant. On doit rire à ce mot.
Page 153. Exemple qui fait conclure au spectateur qu'il
est plus aisé de donner des conseils que de les suivre.
On rit de la vanité de Géronte qui va être désapointée.

SCÈNE V

OCTAVE, LÉANDRE, SCAPIN

LÉANDRE (l'épée à la main).

Vous faites le méchant plaisant... Ah ! je vous apprendrai...

Cela est très vif. On est curieux de savoir comment Scapin s'en tirera. Comme on le connaît, on s'attend à quelque finesse excellente.

LÉANDRE

... Mais je veux en avoir la confession de ta propre bouche, ou je vais te passer cette épée au travers du corps.

Contraste du caractère résolu de Léandre et de la niaiserie d'Octave.

SCAPIN

... C'est moi qui fis une fente au tonneau, et répandis de l'eau autour, pour faire croire que le vin s'étoit échappé.

Il est impossible de peindre un caractère d'une manière plus piquante.

Deux mérites ici :

Cela peint.

Cela est plaisant.

Trop souvent dans les meilleures comédies, on ne trouve que des scènes *peignant*, par exemple dans presque toutes les *Femmes savantes*, le clandestin *Mariage de Colmann*.

SCÈNE VII
LÉANDRE, OCTAVE, SCAPIN

SCAPIN

Me traiter de coquin ! de fripon ! de pendard ! d'infâme !

On rit parce qu'on sait bien que ça lui est égal.

SCAPIN

... Et vous savez assez l'opinion de tout le monde, qui veut qu'il ne soit votre père que pour la forme.

De piquant en piquant, on est sur-le-champ distrait par une nouvelle polissonnerie.

SCÈNE VIII
ARGANTE, SCAPIN

SCAPIN

... Et ce qui a manqué à m'arriver, j'en ai rendu grâces à mon bon destin.

Cette note est sur moi. Vers 1803, je pris réellement un peu l'habitude de cette philosophie de Scapin, et cela d'après ce passage-ci, mais elle ne donnait que du malheur cette philosophie. Pour moi des maux de bien loin, la plus cruelle [*sic*], c'est de prévoir. Les souffrir n'est presque rien. Mon esprit n'est pas occupé à la sentir, mais à en sortir. Pour un autre tempérament, la surprise, la chute imprévue des maux, serait peut-être ce qu'ils auraient de plus rigoureux. Pour ces caractères la philosophie de Scapin est bonne.

SCAPIN

La compassion que m'a donnée tantôt votre chagrin m'a obligé à chercher dans ma tête quelque moyen pour vous tirer d'inquiétude.

Un des mots du style du siècle de Louis XIV qui vieillit le plus, on écrit parce que pour nous il fait contresens. Il en est à peu près de même de *sans doute,* au lieu duquel nous mettrions aujourd'hui ou *certainement* ou rien. Il faut ici *m'a fait chercher.*

SCAPIN

Voulez-vous que son valet aille à pied ?

Plaisanterie que Scapin se permet pour s'amuser lui-même vu la bêtise d'Argante. Toute plaisanterie est fondée sur une absurdité. Il est absurde de supposer qu'Argante craint que le valet Matamore se fatigue en allant à pied, ou fasse ainsi peu d'honneur à son maître.

SCAPIN

Monsieur, un petit mulet.

On rit.

SCAPIN

... Sergents, procureurs, avocats, greffiers, substituts, rapporteurs, juges, et leurs clercs.

Jeu, en criant.

SCAPIN

... C'est être damné dès ce monde que d'avoir à plaider ; et la seule pensée d'un procès serait capable de me faire fuire jusqu'aux Indes.

Leçon donnée d'une manière amusante sur un point fort utile et en même temps parfaitement dans les caractères.

ARGANTE

A combien est-ce qu'il fait monter le mulet ?

Excellent. On rit.

SCÈNE IX

ARGANTE, SCAPIN ; SILVESTRE (déguisé en spadassin).

SILVESTRE

Page 173... l'épée dans le ventre
           un petit   ?   augmente
         la peur.

SCÈNE X

ARGANTE, SCAPIN

SCAPIN

Hé bien ! vous voyez combien de personnes tuées pour deux cents pistoles...

Encore une plaisanterie que Scapin se permet.

SCAPIN

Vous n'avez qu'à me les donner...

A ce coup imprévu, le spectateur se dit : ce maraud a de l'esprit.

SCAPIN

Parbleu ! monsieur, je suis un fourbe, ou je suis honnête homme ; c'est l'un des deux.

La forme du raisonnement, pour le raisonnement qui est inintelligible pour beaucoup d'hommes, c'est comme le charlatan cité par *my Father*, autre charlatan.

« Ou mon baume est bon ou il n'est pas bon. S'il est bon, prenez m'en. S'il n'est pas bon, mais il est bon, et il faut encore en prendre. »

SCÈNE XI

GÉRONTE, SCAPIN

SCAPIN (seul).

Et je veux qu'il me paye en une autre monnoie l'imposture qu'il m'a faite auprès de son fils.

Scapin croit vraiment que c'est une imposture.

ACTE III

SCÈNE PREMIÈRE

ZERBINETTE, HYACINTE, SCAPIN, SILVESTRE

ZERBINETTE

Il doit lui en coûter autre chose que l'argent...

Embarras de Molière, à cause du mélange de mœurs différentes. Cela tue l'illusion.

6 août 1816.

SCÈNE II

GÉRONTE, SCAPIN

SCAPIN

« Quoi ! je n'aurai pas l'abantage dé tuer cé Géronte ? »

Je ne suis point du tout de l'avis de Boileau qui était trop morose pour bien apprécier l'extrême gaieté. Mais je vois deux objections contre le sac :

1° On y voit à travers de la toile, mais supposons-la serrée et neuve.

2° Un homme qui est sur les épaules d'un autre sert à l'ébranlement du coffre quand cet autre parle.

SCAPIN

« Tiens, boilà ce que je té vaille pour lui. » Ah ! ah ! ah ! ah ! ah ! monsieur ! Ah ! ah ! monsieur ! tout beau !

Je comprends seulement aujourd'hui qu'il feint de recevoir d'autres coups de bâton, que ceux qui sont tombés sur le sac.

SCAPIN

« Moi l'afoir enfie de tonner ain coup d'épée dans sti sac. »

Jeu. A ce mot de coup d'épée, un mouvement du diable dans le sac.

Mon maître.'

Excellente figure de Géronte qui peu à peu comprend la mystification.

SCÈNE III

ZERBINETTE, GÉRONTE

ZERBINETTE

Il y a à son nom du ron... ronte... Or... Oronte... Non, Gé... Gé-ronte. Oui...

Excellente mystification. Il me semble que c'est à peu près le comble de la gaieté. Examiner cela au théâtre.

Cette scène y manque un peu son effet, parce que l'acteur qui fait le rôle de Géronte le rend trop imbécile. S'il est décidement trop imbécile, je ne me compare plus à lui. Je ne ris plus. Vérifier tout cela aux Français. On joue cette pièce beaucoup trop vite. Les acteurs ne se donnent pas le temps nécessaire pour inventer ce qu'ils disent.

ZERBINETTE

Pour le nom du serviteur, je le sais à merveille. Il s'appelle Scapin, c'est un homme incomparable, et il mérite toutes les louanges qu'on peut donner.

Prononciation rapide et concluante.

ZERBINETTE

Le valet lui fait comprendre à tous coups l'impertinence de ses propositions...

On voit le méchanisme de la victoire de la plaisanterie.

ZERBINETTE

Il veut envoyer la justice en mer après la galère du Turc. Ah! ah! ah!

SCÈNE XI

ARGANTE, GÉRONTE, OCTAVE, HYACINTE ZERBINETTE, NÉRINE, SILVESTRE

OCTAVE

Non, mon père, toutes vos propositions de mariage ne serviront de rien...

Troisième moyen pour faire avaler.

Nous avons le sommaire d'une scène de Molière fait

par lui-même. C'est probablement ainsi qu'étaient ses
ébauches.

Le dénouement romanesque a au moins le mérite
d'être court et clair, mérite qui manque par exemple à
celui de l'*Avare*.

Cette pièce a au suprême degré le mérite de la vivacité. Il me semble évident que Boileau était un mauvais
juge de la gaieté. Je trouve *Les Fourberies de Scapin*
meilleures que le *Glorieux*, la *Métromanie*, etc. Il y a
infiniment plus de talent et de verve. Il lui manque une
vingtaine de corrections dans le style, et d'être jouée
plus lentement et avec soin. Les acteurs négligent les
meilleures pièces, parce qu'elles n'ont pas besoin de
leurs soins. C'est le plus flatteur de tous les éloges, que
deviendrait la *Gageure imprévue*, jouée comme les *Fourberies de Scapin*?

Comme je l'ai remarqué ci-dessus, tout le plaisir que
peut donner cette comédie vient de l'effet d'une suite
de nuances. Il n'y a ni caractères ni événemens qui
soutiennent l'auteur. Si ces nuances délicates ne sont
pas peintes avec le plus grand génie on bâille. Or l'on
ne bâille pas, au contraire.

[Et au-dessous.]

Molière est le plus pillard des grands hommes, et cela
n'y fait rien.

Trouvé parfaitement vrai le 7 août 1816.

V

GEORGE DANDIN

NOTES SUR GEORGE DANDIN[1]

Je croyais hier de 2 à 7, en ayant les larmes aux yeux, que je n'aurais pas le courage de commenter des comédies à Milan. Le soir, au théâtre de Sainte-Rade-gonde, ma sensibilité m'a empêché d'être aimable. Jamais au contraire je n'ai vu Gina aussi gaie. Aujour-d'hui ma sensibilité d'hier commence à me paraître une duperie en ce qui concerne publi. exisf. Quant au départ ce n'est pas encore le moment de pleurer, puisque nous nous verrons encore plusieurs fois.

Il n'eût rien manqué à mon bonheur depuis deux mois, si, dès le 10 ou le 15 septembre, je me fusse mis à lire Molière la plume à la main. Mes occupations d'Audi-teur ont si souvent interrompu ce genre de travail que je n'en ai plus l'habitude; il faut que l'ennui que m'ins-pirent la société et les livres me jette dans le travail.

Cela posé.

Quel est le but de Molière dans *George Dandin* ? Sans doute d'abord de faire rire, mais quelle est la vérité morale qui, dans l'esprit des spectateurs, sert de

---

1 Dans le vol. V du *Molière*, 6 novembre 1813. — Précède *Scapin* dans ce vol. — Vol. V, pp. 195-271, de l'éd. Didot.
George Dandin, joué le mardi 15 février et le vendredi 25 mars 1814.

lien et d'exposition à ses situations comiques et à ses plaisanteries la voici[1].

> Ah! qu'une femme demoiselle est une étrange affaire!

Quels sont les désavantages possibles d'une telle alliance.

1° Être ruiné par la famille noble et pauvre à laquelle on s'allie.

2° En éprouver des mépris qui empoisonnent le cours habituel de la vie.

3° { 1° Être cocufié d'une manière scandaleuse et telle qu'une fille, votre égale, n'aurait pas osé se le permettre.

2° Bien plus, par la circonstance que la fille est noble.

Qu'est-ce qui peut porter à une telle action? la vanité. Le ridicule viendra donc de la déroute de cette passion. Molière ayant choisi de nous la montrer tout à fait vaincue a évité beaucoup de positions comiques.

Les trois désavantages énoncés ci-dessus, donnent :

1° Combat de la vanité et de l'avarice.

2° La vanité de George Dandin désappointée par les mépris de sa nouvelle société, mépris qui seraient intolérables même à une vanité ordinaire, et Georges Dandin n'en a pas encore fait le sacrifice, il joue encore le digne et l'heureux auprès du bedeau et du notaire de son village, s'il reste riche Paysan ; auprès d'un provincial et d'un marchand de la Rue Saint-Denis, si on le fait monter au rang de Financier.

[1] Acte I, scène 1.

Cette vanité, battue dans tous les sens, donne une foule de positions comiques.

George Dandin, dans les chasses, dans les dîners, dans les soirées de nobles s'attend à des honneurs qu'il ne reçoit pas. Il a une altercation ridicule avec un valet qui l'annonce mal en estropiant son titre. Il a cette susceptibilité, cette inquiétude continuelle que Marmontel nous peint dans M. de Marigny, frère de Mme de Pompadour, et que Mme la comtesse S[imonetta] me disait hier que T.   avait, parce qu'il s'était élevé dans la bonne société, n'étant rien originairement.

Ainsi sauver de désapointement de vanité G. Dandin s'attendant à des honneurs qu'il ne reçoit point.

3° Troisième inconvénient d'un tel mariage :

A. Être plus cocu qu'à l'ordinaire, c'est-à-dire être cocufié d'une manière scandaleuse et telle qu'une fille votre égale, n'aurait pas osé se le permettre.

B. Être cocufié par la circonstance que la fille est noble.

Je n'ai qu'à me figurer Mme Xetiet donnant sa fille à un homme qu'elle aurait méprisé.

Première situation :

Une Mme Setiet dévote sachant que sa fille cocufie son gendre et la soutenant malgré ses principes religieux, par fierté, comme si la bourgeoisie du mari ôtait le péché de l'adultère.

Deuxième situation :

La mère, femme de la cour avec les principes de la maréchale de Luxembourg (quand Boufflers parut à la cour), et portant sa fille qui est vertueuse et qui hésite, à prendre un amant en lui demandant si elle a pris ses

6

manières de penser là dans la noble famille de son
mari, en se moquant de ses petits scrupules bourgeois.

Troisième situation :

Le père, vieux courtisan, portant sa fille à écouter
l'amour d'un prince (on voit bien que j'écris toutes les
situations dont j'ai l'idée, sans choisir).

En un mot le pauvre diable de mari étant attaqué par
ses propres réserves, par ses secours naturels qui .. raient
été tels, s'il eût épousé une bourgeoise.

Il n'est pas besoin de dire que pour ces situations il
eût fallu élever la condition de George Dandin. En faire
par exemple un homme de finance, fermier général
ayant hérité de 60.000 francs de rente de son père, ce
qui permettrait de lui donner une âme sensible

Ajouter à cela tout l'extérieur grossier de Louis XVI,
jurant avec son état dans le monde.

Molière ne nous montre pas la vanité désappointée de
G. Dandin. En commençant par le repentir, il se prive
de cette excellente faveur de comique : Combat de la
vanité et du chagrin d'être cocu.

Quatrième situation :

G. Dandin se voyant cocufier à un grand dîner avec
des nobles, et par vanité, pour ne pas se faire plaisanter
par eux, plaisantant lui-même, sur ce qui lui perce le
cœur [1].

Cinquième situation :

Combat de la vanité et du chagrin d'être cocu. Dans

---

[1] Si je n'eusse travaillé la plume à la main, je n'eusse rien trouvé de tout
cela. L'attention que je donne à me souvenir m'empêche de considérer

un moment où la vanité a le dessus, [X ?] a engagé sa femme à aller à une superbe partie de chasse à Saverne chez le Prince Louis (de Rohan, 1780). Là, il se voit faire cocu, et ce chagrin l'emporte sur la vanité.

Si c'est le prince lui-même qui lui fait cet honneur, il veut se plaindre, il s'avance fièrement vers lui, et, en approchant, le respect le saisit à la gorge (comme Sganarelle armé de pied en cap dans le *Malade imaginaire*, Grandmesnil), il ne peut plus que balbutier.

Sur quoi j'observe qu'il me semble que G. Dandin doit être allemand.

C'est chez cette nation que j'ai trouvé les caractères (collection des manières habituelles de chercher le bonheur) les plus approchants de ce que je viens de dire, chez cette nation née pour respecter, et où la noblesse a une si grande influence sur le bourgeois, même dans les signes extérieurs de la vie civile.

Me rappeler Brunswick, M. Empérius, etc.

G. Dandin rougissant de ses parents :

Développement du premier désavantage, page 2.
Être ruiné par la famille noble.

C'est un ridicule triste à faire voir (cependant G. Dandin très riche, n'a dans ce moment que 150 louis de disponibles, on le force à donner toute cette somme, c'est-à-dire non pas 149 louis, mais les 150. « Moi je resterai sans le sou, » dit-il à sa belle-mère impérieuse).

Si George Dandin perd de grosses sommes, on le

---

les circonstances avec assez de force, et d'inventer par conséquent. Je ne vais jamais plus loin, en travaillant sans plume, que la première idée, que le premier chaînon.

voit malheureux par la pauvreté, malheur qui est trop voisin de tous les spectateurs, même du prince, pour être une source de plaisir. C'est peut-être la chose la plus attristante au théâtre.

Tout au plus une scène; combat de l'avarice et de la vanité.

Ou le porter en le flattant à boucher d'assez bons trous. Il s'aperçoit bientôt qu'on s'est fiché de lui *as my*.

Et a deux chagrins:

Le premier d'avoir perdu 30.000 francs *as my freind*;

Le deuxième qu'on s'est moqué de lui, sans qu'il lui reste la possibilité de se venger.

G. Dandin avare eût bien pris ses précautions.

Un avare ne fait pas un mariage comme celui-là avec une fille qui n'a que sa noblesse.

Il y a quelques nuances de ce G. Dandin agrandi dans M. Recard de Collé (*l'Amour d'autrefois et l'Amour actuel.* Tome 2).

En un mot, Molière pour des raisons à lui connues et que je ne puis discuter nous montre

1° Georges Dandin déjà repentant.

2° Il le montre les trous bouchés et se prive ainsi d'une foule de situations comiques[1].

La Reconnaissance du comique.

Je ne dois pas entièrement me fier au sentiment présent, il faut un peu que cela soit *science* chez moi. Il faut porter un exemplaire des *Femmes savantes* aux

---

[1] Vie convenable, *in Lutetia for a Moxenigo. The morning,* travailler ; *the evening, after dinner,* à observer.

Français et noter les endroits où l'on rit, me rappele
ensuite le résultat de ces observations. Il est reconnu
que le comique glisse sur tout homme passionné. Il est
trop occupé à la recherche du bonheur pour songer à
comparer au personnage ridicule que vous faites pass r
sous ses yeux. Je suis passionné, ou du moins fortement
occupé en étudiant Molière. Donc je puis laisser passer
sans rire des choses très comiques qui ont d'ailleurs cet
autre inconvénient que je les sais par cœur. Jusqu'ici
(page 11) je n'ai pas ri, je me suis seulement rap lé
qu'on rit à cette plaisanterie :

> Quelque petit savant qui veut venir au monde.

Il me semble que Collé, le fond de la Scène do é,
aurait pu placer (dans cette Scène) cinq ou six plai nte-
ries du plus grand monde, qui auraient fait rire da nt-
tage. Cette idée est peut-être téméraire. (Voir les tes
sur les *Femmes savantes*, page 150.)

Comédies classiques, par la facilité avec laquelle les
commençants peuvent découvrir le nœud : *l'École des
femmes* et *la Mandragore*.

Bannir le mot *excellent* de mon commentaire r
Molière et en général le plus possible les louan s
vagues ; il n'y a rien de si bête que de dire directeme ,
ou avec finesse que Molière, Corneille, etc., sont de
grands hommes. Mon commentaire est une collection
de choses communes, mais vraies. Je les écris pour
m'éviter la peine de les réinventer, cé que j'ai fait au
moins deux ou trois fois.

ACTE PREMIER

SCÈNE II

GEORGE DANDIN, LUBIN

LUBIN

Paix !

GEORGE DANDIN

Quoi donc ?

On rit de la figure de Dandin ; après deux pages, l'expression est déjà faite, l'action a marché.

LUBIN

C'est que je viens de parler à la maîtresse du logis, de la part d'un certain monsieur qui lui fait les doux yeux ; et il ne faut pas que l'on sache cela. Entendez-vous ?

On rit de la bêtise de Lubin qui a des prétentions à la finesse, on rit du malheur de G. Dandin, c'est singulier ; un autre malheur serait triste à voir, à apprendre au malheureux, une banqueroute, la mort d'un ami, la perte d'une place. Il faut qu'il y ait un ridicule particulier attaché au malheur d'être cocu, qui est un grand malheur, car il y a des Meinau (*Misanthropie et Repentir*) dans le monde.

Pourquoi donc rit-on ? Ne serait-ce pas parce qu'un mari est un ennemi du public, qui retient un trésor qui devrait circuler. Ex[poser] ce malheur.

LUBIN

Le mari, à ce qu'ils disent, est un jaloux qui ne veut pas qu'on fasse l'amour à sa femme ; et il feroit le diable à quatre, si cela venoit à ses oreilles. Vous comprenez bien ?

Supériorité d'esprit de Lubin, qui en lui-même, se rend justice et s'efforce de se rendre intelligible à ce pauvre homme qu'il rencontre. Si G. Dandin n'emportait pas toute l'attention, on rirait davantage de ce sot de Lubin.

LUBIN

Voyez s'il y a là une grande fatigue, pour me payer si bien; et ce qu'est, au prix de cela, une journée de travail, où je ne gagne que dix sous !

Trait de vérité qui fait un grand plaisir en donnant beaucoup de vraisemblance à la chose. Éloge indirect de la richesse. Un poète commun est le plus grand admirateur de la comédie. Il sent vingt fois plus de plaisir à lire de ses pièces que le meilleur amateur.

GEORGE DANDIN

Mais quelle réponse a faite la maitresse à ce monsieur le courtisan ?

On rit de la figure de Dandin.

SCÈNE III

GEORGE DANDIN (seul).

Il me faut, de ce pas, aller faire mes plaintes au père et à la mère, et les rendre témoins, à telle fin que de raison, des sujets de chagrin et de ressentiments que leur fille me donne.
Mais les voici l'un et l'autre fort à propos.

Fin de la 1ʳᵉ phrase comique (terme de musique). Avant

de sortir de Paris j'ai distingué dans le *Tartuffe* les phrases ou sujets d'attention qui renferment une moitié d'acte, un acte.

SCÈNE IV

Monsieur DE SOTENVILLE
Madame DE SOTENVILLE, GEORGE DANDIN

MADAME DE SOTENVILLE

Mon Dieu! notre gendre, que vous avez peu de civilité...

Peinture extrêmement forte, et [1] cependant point odieuse, de la gêne que donne une famille noble. On sent le ridicule de M et Mme de Sotenville. On rit des impatiences retenues de G. Dandin; est-ce que le spectateur se dit : « Je n'aurais pas eu la bêtise moi d'épouser une fille noble ? »

GEORGE DANDIN

J'enrage! Comment! ma femme n'est pas femme?

Je ne comprends pas le grand comique que l'on trouve à ce trait.

GEORGE DANDIN

Oui, voilà qui est bien, mes enfants seront gentilshommes ; mais je serai cocu, moi, si l'on n'y met ordre.

Stile frappant.

---

[1] Principe. Que les peintures soient très fortes, sans toutefois être odieuses; défaut de la force, tomber dans l'odieux ou l'extravagant.

SCÈNE V

Monsieur DE SOTENVILLE, CLITANDRE
GEORCE DANDIN

MONSIEUR DE SOTENVILLE

Mon nom est connu à la cour ; et j'eus l'honneur, dans ma jeunesse, de me signaler des premiers à l'arrière-ban de Nancy.

Cela était du bien bon comique pour les courtisans de Louis XIV. Outre l'avantage imaginaire que le rieur se donne sur celui dont il rit, il y avait ici avantage réel, et avantage reconnu et envié par celui qui aurait pu l'attaquer (voir la noblesse de province). Différence de rang dans l'aristocratie très réelle, quoique non officiellement marquée.

MONSIEUR DE SOTENVILLE (montrant G. Dandin).

... et pour l'homme que vous voyez, qui a l'honneur d'être mon gendre.

Ridicule des nobles de province qui ne savent pas qu'on ne montre en France la supériorité que par l'excès de la politesse. Voici le texte de la loi :

« La politesse marque l'homme de naissance ; les plus grands sont les plus polis... Cette politesse est le premier signe de la hauteur... la politesse prouve une éducation soignée et qu'on a vécu dans un monde choisi. (Duclos, *Procès-verbal des mœurs françaises*, 1750, ou *Considérations*, 31.)

CLITANDRE

Me croyez-vous capable, monsieur, d'une action aussi lâche que celle-là ? Moi, aimer une jeune et belle personne qui a l'honneur d'être la fille de M. le baron de Sotenville !

Jeune et *belle*, bonne plaisanterie faite en parlant à l'homme même qu'on tourne en ridicule.

MONSIEUR DE SOTENVILLE (à G. Dandin).

Soutenez donc la chose.

GEORGE DANDIN

Elle est toute soutenue. Cela est vrai.

Peinture du paysan qui ignore l'honneur et qui ne sent pas son ignorance, parce que la raison ne le conduit pas à cette connaissance, car il ne faut pas se dissimuler que l'honneur est une chose *apprise*, qui ne dérive point directement de la nature, et que Cicéron et Brutus qui n'étaient pas des George Dandin auraient peut-être eu bien de la peine à comprendre.

SCÈNE VI

MONSIEUR ET MADAME DE SOTENVILLE, ANGÉLIQUE CLITANDRE, GEORGE DANDIN, CLAUDINE

ANGÉLIQUE

Essayez un peu, par plaisir, à m'envoyer des ambassades; à m'écrire secrètement de petits billets doux, à épier les moments que mon mari n'y sera pas, ou le temps que je sortirai, pour me parler de votre amour ; vous n'avez qu'à y venir, je vous promets que vous serez reçu comme il faut.

Piquant d'un commentaire à double entente, mais le piège est si grossier, qu'il n'aurait plus convenu, pour peu que l'auteur eut élevé l'esprit des trois autres.

GEORGE DANDIN

Taisez-vous, vous dis-je ; vous pourriez bien porter la folle enchère de tous les autres ; et vous n'avez pas de père gentilhomme.

Trait d'esprit (mais déraisonnable) qui illumine la situation.

SCÈNE VIII

Monsieur DE SOTENVILLE, CLITANDRE GEORGE DANDIN

MONSIEUR DE SOTENVILLE

Allons, vous dis-je, il n'y a rien à balancer ; et vous n'avez que faire d'avoir peur d'en trop faire, puisque c'est moi qui vous conduis.

GEORGE DANDIN

Je ne saurois...

G. Dandin, qui ignore l'honneur, trouve, ce qu'on lui fait faire, bien plus absurde que nous.

MONSIEUR DE SOTENVILLE

Que je suis votre serviteur.

GEORGE DANDIN

Voulez-vous que je sois serviteur d'un homme qui me veut faire cocu ?

Scène qui a cette excellence d'offrir le comble de l'absurdité morale avec la plus grande vérité des caractères. C'est les battus payant l'amende.

MONSIEUR DE SOTENVILLE

Sachez que vous êtes entré dans une famille qui vous donnera de l'appui, et ne souffrira point que l'on vous fasse aucun affront.

Voilà de quoi faire devenir fou G. Dandin, ou bien il doit croire que son beau-père le mystifie.

SCÈNE IX

GEORGE DANDIN (seul).

Allons, il s'agit seulement de désabuser le père et la mère ; et je pourrai trouver peut-être quelque moyen d'y réussir.

Cette dernière phrase montre la corde. C'est le poète qui parle et qui met une liaison pour l'acte suivant. La phrase précédente montre toujours G. Dandin contrit et humilié et prêt à tout souffrir. Il serait ridicule de dire à un auteur : Pourquoi n'avez-vous pas fait mon ouvrage au lieu du vôtre ? Mais je ne puis pas m'empêcher de dire que Molière en ôtant toute élasticité, toute espérance à Dandin, se prive d'une foule de situations comiques et diminue le comique de celle qu'il présentera par la suite, en nous ôtant cette question que nous nous ferions.

Que va faire G. Dandin après cela ? Un homme qui verrait aussi nettement sa position, qui se dirait si souvent : *Vous l'avez voulu G. Dandin* et qui aurait la dose de bon sens naturel de ce personnage, quitterait sa femme, s'absenterait en prenant soin qu'elle ne pût toucher aucun revenu. Il la prendrait par famine, ainsi que sa fière famille.

ACTE II

SCÈNE PREMIÈRE
CLAUDINE, LUBIN

LUBIN

Nous en usons honnêtement, et nous nous contentons de la raison. Mais ceux qui nous chicanent, nous nous efforçons de les toucher, et nous ne les épargnons point.

Morale de la pièce. A quoi bon la morale ?

CLAUDINE

Eh ! que nenni ! j'y ai déjà été attrapée. Adieu. Va-t'en, et dis à M. le vicomte que j'aurai soin de rendre son billet.

Frise un peu le stile de pamphlet, c'est-à-dire que quoique cela soit plaisant, c'est une maladresse au personnage de le dire.

SCÈNE III
CLITANDRE, GEORGE DANDIN, ANGÉLIQUE

GEORGE DANDIN (sans voir Clitandre).

Mon Dieu ! laissez là votre révérence ; ce n'est pas de ces sortes de respects dont je vous parle, et vous n'avez que faire de vous moquer.

L'attention redouble en voyant Clitandre attaquer dans le moment le plus difficile. Jeu de scène piquant pour faire avaler.

GEORGE DANDIN

Je vous dis, encore une fois, que le mariage est une chaîne à laquelle on doit porter toute sorte de respect; et que c'est fort mal fait à vous d'en user comme vous faites. (*Angélique fait signe de la tête à Clitandre.*) Oui, oui, mal fait à vous.

On voit Dandin à la fois trompé et mécontent. On doit rire de son erreur.

GEORGE DANDIN

Si je ne suis pas né noble, au moins suis-je d'une race où il n'y a point de reproche; et la famille des Dandins...

Avis à ceux qui parlent d'eux et encore avec des tournures imposantes, *la famille des Dandins*. G. Dandin, par bêtise, se fait une plaisanterie à lui-même, comme « il venait me trouver dans mon lit! » « qui aurait dit que Mme [George Dandin] vint trouver un jeune homme dans son lit! » On rit.

SCÈNE IV
GEORGE DANDIN, ANGÉLIQUE

ANGÉLIQUE

Oh! les Dandins s'y accoutumeront s'ils veulent;

Ridicule très bien relevé par Angélique.

SCÈNE VII
GEORGE DANDIN, LUBIN

LUBIN

Si vous n'aviez pas babillé, je vous aurais conté ce qui se passe à cette heure; ...

On rit de la mine de Dandin.

LUBIN

Rien, rien. Voilà ce que c'est d'avoir causé ; vous n'en tirerez plus et je vous laisse sur la bonne bouche.

Sottise de Lubin qui se croit bien fin, et dont on rirait si ce rôle était bien joué.

SCÈNE VIII

GEORGE DANDIN (seul)

Si je rentre chez moi, je ferai évader le drôle ; et, quelque chose que je puisse voir moi-même de mon déshonneur, je n'en serai point cru à mon serment, et l'on me dira que je rêve. Si, d'autre part, je vais quérir beau-père et belle-mère,....

Manque de tactique chez Dandin qui sans rien dire devait faire signe à M. de Sotenville et le faire regarder par le trou de la serrure. Faute de tactique de ce pauvre mari dont le Général ennemi profite sur-le-champ.

SCÈNE X

ANGÉLIQUE, CLITANDRE, CLAUDINE;
Monsieur DE SOTENVILLE
Madame DE SOTENVILLE, (avec) GEORGE DANDIN
(dans le fond).

ANGÉLIQUE

Mais une honnête femme n'aime point les éclats : je n'ai garde de lui en rien dire (*après avoir fait signe à Claudine d'apporter un bâton*), et je veux vous montrer que, toute femme que je suis, j'ai assez de courage pour me venger moi-même des offenses que l'on me fait.

Mot prouvant l'existence de *l'honneur* dans l'esprit d'Angélique.

SCÈNE XIII

GEORGE DANDIN (seul)

J'aurai du dessous avec elle.

Indécence aux yeux de la canaille qui rit toujours à ce mot; mais elle rit, et pour elle ce morceau est plus chaud que pour moi.

O ciel! seconde mes desseins, et m'accorde la grâce de faire voir aux gens que l'on me déshonore.

La dernière phrase n'est qu'une liaison : d'ailleurs *faire voir aux gens* au lieu de *convaincre mon beau-père* approche un peu du stile du pamphlet. J'ai d'abord trouvé le commencement de ce monologue un peu froid. J'ai pensé ensuite qu'il peint bien le génie de G. Dandin qui est raisonnable, mais un peu lourd, un peu paysan.

ACTE III

SCÈNE PREMIÈRE

CLITANDRE, LUBIN

LUBIN

... Pourquoi il ne fait jour la nuit.

CLITANDRE

C'est une grande question, et qui est difficile. Tu es curieux, Lubin.

Peint bien l'homme d'esprit, qui ne met point aux choses un sérieux bête, qui s'amuse de tout, qui est plein de sang-froid, qui ne traite point une galanterie du stile d'une passion, peint le courtisan.

LUBIN

Oui ; si j'avois étudié, j'aurois été songer à des choses où on a jamais songé.

Peint la suffisance sotte de Lubin.

LUBIN

Par ma foi, c'est une jeune fille qui vaut de l'argent ; et je l'aime de tout mon cœur.

CLITANDRE

Aussi t'ai-je amené avec moi pour l'entretenir.

Peint plus particulièrement le courtisan.

SCÈNE III

ANGÉLIQUE, CLITANDRE, CLAUDINE (assis au fond); GEORGE DANDIN (à moitié déshabillé); LUBIN

LUBIN (cherchant Claudine, prenant G. Dandin pour Claudine).

Ah ! que cela est doux! il me semble que je mange des confiures.

Tout ce long morceau est motivé par la suffisance de Lubin, qui par vanité cherche à être plaisant.

GEORGE DANDIN

Qui va là?

LUBIN

Personne.

C'est dans ces détails qui seraient morts qu'il est per-

7

mis à l'auteur d'avoir de l'esprit, aux dépens de la vraisemblance.

SCÈNE IV

ANGÉLIQUE, CLITANDRE, CLAUDINE
LUBIN (assis au fond); GEORGE DANDIN, COLIN

GEORGE DANDIN

Où est-ce que tu es ? Approche, que je te donne mille coups. Je
pense qu'il me fuit.

La première partie de la phrase est un peu pamphlet,
mais la seconde est bien gaie.

SCÈNE V

ANGÉLIQUE, CLITANDRE, CLAUDINE, LUBIN
GEORGE DANDIN

ANGÉLIQUE

Serez-vous aussi foible pour avoir cette inquiétude, et pensez-
vous qu'on soit capable d'aimer certains maris qu'il y a?

Angélique, femme d'esprit et de caractère. Un plat
moderne n'eût pas manqué de faire faire son portrait
brillant par la soubrette. Molière, à son ordinaire, fait
conclure de ce qu'on voit ce *serez-vous* au lieu de *seriez-vous*
montre une résolution plaisante. Il fait voir à Clitandre
la victoire sûre, il est peut-être contre l'esprit d'Angélique, de dire cela ; mais elle est dans un de ces moments
trop rares pour les mauvais poètes, où l'homme se trahit.

CLITANDRE

Et, que c'est une étrange chose que l'assemblage qu'on a fait
d'une personne comme vous avec un homme comme lui!

GEORGE DANDIN (à part).
Pauvres maris ! voilà comme on vous traite.

La couleur générale du rôle de Dandin est de s'entendre tourner en ridicule, on lui fait macher le ridicule, mais j'en reviens toujours là : il n'est pas assez élastique.

SCÈNE VI
ANGÉLIQUE, CLITANDRE, CLAUDINE, LUBIN

CLAUDINE
Madame, si vous avez à dire du mal de votre mari, dépêchez vite, car il est tard.

Comme cela est plus joli que *Madame, il se fait tard.* Esprit proprement dit.

SCÈNE VIII
ANGÉLIQUE, CLAUDINE, GEORGE DANDIN

ANGÉLIQUE
Mais enfin ce sont des actions que vous devez pardonner à mon âge, des emportements de jeune personne qui n'a encore rien vu et ne fait que d'entrer au monde.

Stile au lieu de *dans le,* différences du stile ancien au stile moderne qui nuisent beaucoup et sont faciles à corriger. Il est absolument nécessaire de le faire. Aujourd'hui, au lieu de tourner cette excuse en maxime et d'expliquer la tournure *au* ou mettre le *je* et on la tournerait au sentiment. Elle est mal écrite.

ANGÉLIQUE
Mon cœur se portera jusqu'aux extrêmes résolutions; et, de ce couteau que voici, je me tuerai sur la place.

GEORGE DANDIN

Ah! ah! A la bonne heure...

Un homme du monde aurait eu la générosité de se rendre aux prières d'Angélique, ou n'eût été nullement effrayé du suicide qui la délivre.

GEORGE DANDIN

Ouais ! seroit-elle bien si malicieuse que de s'être tuée pour me faire pendre ? Prenons un bout de chandelle pour aller voir.

Il manque ici la grosse pierre jetée dans le puits comme dans *Giamina et Bernardone*. Cela vaut mieux en ce que le bruit de la chute fait preuve, tandis que la nuit G. Dandini ne peut voir le coup de poignard.

SCÈNE XII

Monsieur et Madame DE SOTENVILLE, COLIN ANGÉLIQUE, CLAUDINE, GEORGE DANDIN

CLAUDINE

Il a tant bu, que je ne pense pas qu'on puisse durer contre lui.

Stile. Mettre rester un moment auprès de lui.

MONSIEUR DE SOTENVILLE

Retirez-vous : vous puez le vin à pleine bouche.

C'est comme un beau final de Cimarosa, tout se réunit pour redoubler le comique.

SCÈNE XIV

MONSIEUR ET MADAME DE SOTENVILLE
ANGÉLIQUE, GEORGE DANDIN, CLAUDINE
COLIN

ANGÉLIQUE

C'est à moi de vous obéir.

CLAUDINE

Pauvre mouton!

Cette basse continue de Claudine redouble le rire.

(Je pensais un peu à autre chose en faisant ce commentaire, c'est pourquoi il n'y a point ici de réflexions générales. J'ai cependant fort bien fait de travailler et *my happiness* eût été parfaite [en] ce voyage, si je me fusse avisé le 15 septembre, que bonheur sans travail est impossible. Je ne suis pas comme Archimède.)

VI

LES FEMMES SAVANTES

LES FEMMES SAVANTES[1]

Si vous lisez une comédie pour votre plaisir, laissez-vous aller. Mais si vous voulez vous instruire dans l'art de Mocenigo, il faut avant de commencer une pièce vous demander quel a été le but de l'auteur. Ces idées me sont venues ce matin en voulant lire les *Femmes savantes*, pièce sur laquelle je suis loin de voir clair. 1° la proposition morale que Molière tend à prouver me semble fausse. Il est important pour le bonheur, que les femmes des maris qui ont 20,000 livres de rente règlent les comptes de l'administration intérieure. Cette dépense étant journalière et nécessairement composée de petits articles, la direction en est importante. D'ailleurs il faut pour le bonheur d'une femme qu'elle ait un travail sérieux pour servir d'ombre aux plaisirs, sans quoi l'ennui de la société la saisirait.

Il est évident que deux heures par jour suffisent pour l'administration intérieure, en supposant un cuisinier intelligent qui sache écrire. Ne vaut-il pas mieux pour le bonheur du mari, de la femme et des enfants que

[1] Dans le vol. VI du *Molière*. — Dans le vol. VIII, p. 5, de l'édit. Didot.

passé ces deux heures, elle emploie son temps à lire les douze ou quinze grands poètes, les bons historiens, et les bons romanciers qu'à faire une paire de bas qu'on peut acheter aussi bons pour 6 francs, ou qu'à faire de la tapisserie? Elle aura moins de disposition à vous faire cocu en faisant des bas; mais quel plaisir d'avoir une bête?

La femme du laboureur, de l'artisan, du petit bourgeois doit travailler utilement, mais à partir de 12 ou 15.000 livres de rente, ne vaut-il pas mieux qu'elle acquière des idées et qu'elle devienne capable de donner des conseils à son mari, de l'amuser et même de le suppléer, s'il vient à mourir, pour la conduite de la fortune. Une femme qui lit *Don Quichotte* et *Tom Jones* n'est-elle pas plus propre à diriger une famille que celle qui fait dix paires de bas et quatre fauteuils par an?

Le caractère de Femme savante ne me paraît donc pas susceptible d'un véritable ridicule, comme par exemple le caractère de *l'homme qui ne veut pas être cocu*, Arnolphe de l'*Ecole des femmes*.

2° Exécution. Molière aura recours aux excès de caractères. Les meilleures choses sont susceptibles d'abus. Il donnera donc aux femmes savantes quelques ridicules des savants masculins, mais il ne leur donnera pas des ridicules provenant de la qualité de *femme* réunie à celle de *savant*.

Ici Molière voudrait rendre ridicule aux yeux de tous, et d'une manière très aisée à comprendre, un mal moral (selon lui) qui consiste à ce qu'une femme soit savante.

Or quelles sont les positions ridicules de la femme:

1° Savante;

2° De la femme poète ? de Mme de Staël par exemple ?

3° Quels sont les ridicules des savans et des poètes masculins, qui peuvent leur convenir ? rappelons bien qu'aucun être ne peut être ridicule par sa passion, car c'est une manière de chercher le bonheur et je suis seul juge compétent de ce qui me rend heureux ou malheureux. On ne peut être ridicule que par l'effet qu'on croit produit par sa passion : ici il peut y avoir désapointement.

On ne peut donc pas rendre ridicule la femme qui aime les lettres pour les lettres, celle qui s'enferme dans son boudoir pour lire les Tragédies de Schiller, pas plus que celle qui s'y enferme pour... ou pour mâcher du morin[1]. Comment faire voir aux spectateurs qu'elles se trompent dans cette manière de chercher le bonheur ? On peut seulement les peindre comme singulières, ce qui inspire l'intérêt de la curiosité comme le caractère du juif Shylock, dans le *Juif de Venise*, qui veut couper en vertu de son contrat une livre de chair à Lotharic ; mais cela ne fait ni rire ni pleurer.

Mme de Staël peut désirer que le public la regarde comme un génie créateur. On voit dans les mémoires de Collé que Mme Dubocage et Mme de Graffigny avaient un peu de ridicule.

Mme de Staël peut désirer d'être regardée comme un grand caractère. Je suppose que ce fut le but d'une autre suédoise laboliquante ? Christine.

Mme Necker me semble avoir été un ambigu de femme savante, pédante, de prude et d'ambitieuse.

Donc Mme de Staël peut avoir les Ridicules :

[1] Morin, le *Sumac des corroyeurs*.

1° De se trouver inconnue quand elle se croit l'objet des regards du public ;

2° Quand elle croit avoir inspiré par sa conduite la vénération, se trouver l'objet des plaisanteries de tout le monde. Supposons Christine assistant incognito au souper de Louis XIV, Guillaume III, Victor-Amédée, Malborough, le Prince Eugène, etc., étant venue là pour s'entendre louer et se trouvant accablée de plaisanteries par le Prince Eugène qui était bien piémontais, bien fier, bien caustique, bien traître.

3° Mme Necker croyant servir l'ambition qu'elle avait pour son mari, par l'affiche de ses connaissances littéraires. Elle est dans un salon de la Cour où elle découvre que ce genre de connaissance lui a nui infiniment auprès des gens de la Cour qui influent sur le choix des ministres, au moment où elle se défend le mieux qu'elle peut d'aimer la littérature ; un sot de la Cour, enchanté d'avoir quelque chose à dire, et de se voir écouté une seule fois dans sa vie, vient lire à ces dames un manuscrit qu'on lui a, dit-il, prêté pour quatre heures seulement et qui fait un bruit du diable à Paris d'où il arrive ; ce manuscrit est de Mme de Necker et propre par son sujet à lui aliéner de plus les femmes de la Cour : désapointement donc, ridicule possible. Mais, si réellement savante, pour le plaisir de l'État, elle eût composé son ouvrage pour le plaisir de le composer, et qu'elle ne fût pas ambitieuse, que pourrait-on lui dire ? tel est mon bon plaisir, répondrait-elle.

4° La prude ressemble assez à un Ingénieur, mais non pas des Ponts et Chaussées, à un Ingénieur militaire qui travaille jour et nuit à des fortifications, qui oublie de dîner et qui se croit très important ; il est ridicule, si on lui montre clairement que personne ne songe à attaquer sa place, qu'il peut dîner au long et tranquillement, et que ne rendant aucun service à ses concitoyens, aucun d'eux ne pense à lui. La prude évitant avec beaucoup de soin un tête-à-tête avec un homme qui, enfin, la surprend au bout du jardin, et c'est... pour lui demander le secret sur une intrigue qu'il a avec une des amies de la Prude, intrigue qu'il craint que celle-ci ne soupçonne.

Le ridicule propre du poëte est de faire des vers détestables ; du savant, de trouver dans l'analyse d'une eau minérale une substance qui ne puisse pas exister dans l'eau et d'être détrompés, mais ces deux ridicules à force d'être communs ne font plus rire.

Philaminte peut admirer de très bonne foi les vers de Trissotin. Ils peuvent lui donner un vrai plaisir. Quel ridicule y a-t-il à cela ! celui d'avoir un mauvais jugement littéraire ? c'est un ridicule bien petit.

Qu'est-ce que le caractère d'Armande ? son premier mobile est-il le désir de plaire à Clitandre ? en ce cas elle prend une mauvaise voie, comme Mme Necker pour porter son mari au ministère ; dans l'emploi donné ci-dessus, elle est ridicule, mais ce n'est pas en qualité de savante ou de poëte, c'est comme coquette.

Passons à l'examen détaillé de la pièce[1].

---

[1] Elle a été jouée le mercredi 9 et le mardi 22 février 1814.

ACTE PREMIER

SCÈNE PREMIÈRE
ARMANDE, HENRIETTE

ARMANDE
Loin d'être aux lois d'un homme asservie,
Mariez-vous, ma sœur, à la philosophie,
Qui nous monte au-dessus de tout le genre humain,

C'est un Tartuffe femelle qui prête le flanc.

ARMANDE
Et les soins où je vois tant de femmes sensibles
Me paroissent aux yeux des pauvretés horribles.

Réponse. Vous voudriez donc que toutes les femmes
fussent savantes; il n'en resterait plus pour faire des
enfants. Le bonheur public ne demande qu'un nombre de
savantes très limité.

Je trouve cette pièce très bien écrite. Le style est bien
fort, bien compact, mais il manque de vivacité. Les
moindres réponses sont de quatre vers.

ARMANDE
Mais sachons, s'il vous plaît, qui vous songez à prendre :
Votre visée au moins n'est pas mise à Clitandre?

Le Tartuffe battu se découvre; malheur à l'opinion qui
pouvant être attaquée par la plaisanterie, ne peut pas se
défendre avec la même arme.

ARMANDE

Ne soyez pas, ma sœur, d'une si bonne foi ;
Et croyez, quand il dit qu'il me quitte et vous aime,
Qu'il n'y songe pas bien, et se trompe lui-même.

Armande venant aux conseils qu'elle donne à sa rivale, après avoir vu ses reproches manquer d'effet, c'est dans la position, la plus mauvaise et la plus susceptible d'être foudroyée par la plaisanterie.

Pour la *Reconnaissance du comique*.

Je ne dois pas entièrement me fier au sentiment présent ; il faut un peu que cela soit science chez moi. Il faut porter un exemplaire des *Femmes savantes* aux Français et noter les endroits où l'on rit. Me rappeler ensuite, en composant, le résultat de ces opérations. Il est reconnu que le comique glisse sur tout homme passionné. Il est trop occupé à la recherche du bonheur pour songer à se comparer au personnage ridicule que vous faites passer sous ses yeux. Je suis passionné, ou du moins fortement occupé en étudiant Molière. Donc, je puis laisser passer sans rire des choses très comiques qui ont d'ailleurs cet autre inconvénient que je les sais presque par cœur, jusqu'ici (page 11) je n'ai pas ri. Je me suis seulement souvenu qu'on rit à cette plaisanterie

Quelque petit savant qui veut venir au monde.

Il me semble que Collé, le fond de la scène donnée, eût pu y mettre cinq ou six plaisanteries du ton du plus grand monde, qui auraient fait rire davantage qu'on ne rit actuellement. Cette idée est peut-être téméraire ; d'ailleurs le ton du grand monde s'est, je crois, extrêmement perfectionné de l'an 1672 à l'année 1772. Je ne crois pas qu'à la première de ces époques, il y eut aucun salon aussi agréable, d'aussi bon ton (l'art de se donner du plaisir avec la langue, sans ..... et entre indifférens) que celui de Mme Du Deffand [1].

SCÈNE II

CLITANDRE, ARMANDE, HENRIETTE

ARMANDE
> Je ménage les gens, et sais comme embarrasse
> Le contraignant effort de ces aveux en face.

Derniers abois, dernière mauvaise ressource de Tartuffe.

Tome VI, in-8°, 121, les quatre premiers vers nous semblent trop sérieux, stile lourd de Mame.

Le stile lourd ne convient qu'à Armande.

Vers 10 à 13 peu galants pour Henriette, et lourds comme toute la tirade.

HENRIETTE
> Eh ! doucement, ma sœur. Où donc est la morale
> Qui sait si bien régir la partie animale,
> Et retenir la bride aux efforts du courroux ?

Bonne plaisanterie, tirée du fond du sujet.

Page 123. Il faut dire *sans crime* en riant à cause du *criminelle* du cinquième vers.

Page 124. On rit d'autant plus d'Armande, qu'en qualité de femme faisant métier d'avoir de l'esprit, elle devrait mieux manier la plaisanterie. Elle est entièrement battue. On rit beaucoup.

---

[1] Ce passage sur le Comique est déjà donné pages 84-85. Comparer les variantes.

SCÈNE III

CLITANDRE, HENRIETTE

Mais, puisqu'il m'est permis, je vais à votre père,
Madame...

Invraisemblance peut-être nécessaire à l'art dramatique, mais d'autant plus grande ici que Clitandre est courtisan, et que la première habitude de cette classe d'hommes est de distinguer avec beaucoup de finesse, dès le premier jour qu'ils vont dans une maison, la manière dont l'autorité y est distribuée. Il est ridicule qu'il ne sache pas encore que le père est mené par le nez.

CLITANDRE

Je consens qu'une femme ait des clartés de tout :
Mais je ne lui veux point la passion choquante
De se rendre savante afin d'être savante ;

Si cela était exact, ces dames voudraient s'attirer le respect ou l'amour par leur science ; leur ridicule serait le désapointement de cette prétention.

CLITANDRE

Et j'aime que souvent, aux questions qu'on fait,
Elle sache ignorer les choses qu'elle sait.

Fort bien. La qualité de savante détruit net la grâce, l'extermine partout. Voilà vingt-deux vers sans amour, mais non pas sans pédanterie. D'ailleurs les sentiments de Clitandre sur cet objet doivent être connus d'Henriette. Ces vingt-deux vers-là sont un morceau de satire.

8

CLITANDRE

Son monsieur Trissotin me chagrine, m'assomme;
Et j'enrage de voir qu'elle estime un tel homme,
Qu'elle nous mette au rang des grands et beaux esprits
Un benêt dont partout on siffle les écrits.

Moyen de ridiculiser Philaminte en lui montrant ce mépris qu'un public éclairé a pour son héros, et l'estime, que ce même public fait d'un autre écrivain du même genre.

CLITANDRE

Qui fait qu'à son mérite incessamment il rit,
Qu'il se sait si bon gré de tout ce qu'il écrit,
Et qu'il ne voudroit pas changer sa renommée
Contre tous les honneurs d'un général d'armée.

Toujours satire et pas d'amour, quoique Henriette l'eût remis sur la voie.

CLITANDRE

Que, rencontrant un homme un jour dans le Palais,
Je gageai que c'étoit Trissotin en personne,
Et je ris qu'en effet la gageure étoit bonne.

HENRIETTE

Quel conte !

Cette repartie a la vivacité moderne.

SCÈNE IV

BÉLISE, CLITANDRE

BÉLISE

Et, dans tous les romans où j'ai jeté les yeux,
Je n'ai rien rencontré de plus ingénieux.

CLITANDRE
Ceci n'est point du tout un trait d'esprit, madame ;

On rit, je crois. C'est de l'embarras de Clitandre.
Le dialogue de ces deux amants manque de vivacité.

BÉLISE
Je vois où doucement veut aller la demande,
Et je sais sous ce nom ce qu'il faut que j'entende.
La figure est adroite ;

On pourrait donner un vernis de ridicule à ces femmes en leur faisant employer *ad hoc* les termes de rhétorique, comme Tartuffe emploie ceux de religion.

Il y a dans cet acte bien peu d'action [1] ; elle ne commence qu'à la scène dernière, à la démarche que Clitandre fait auprès de Bélise. Cela est savant, l'auteur est profondément raisonnable, mais aujourd'hui on exigerait, et je crois avec raison, plus de vivacité, plus de cette qualité qui brille dans le *Barbier de Séville*. Les amants sont froids.

Pour expliquer Bélise jeune et non pas vieille comme on la montre au Théâtre-Français, elle a trente-deux ans, il faut supposer qu'elle a le tempérament de Mme Lanfant qui parle de Zizette avec une horreur véritable. Ce point ci a été très bien vérifié.

Approuvé le 10 avril 1814.

---

[1] On marche vers le dénouement, marche vers le bonheur désiré par les principaux personnages.
Je me sens appétit. Voilà l'exposition. *Je mets une cravate pour aller dîner* Commencement de l'action.

ACTE II

SCÈNE III

BÉLISE (entrant doucement, et écoutant); CHRYSALE
ARISTE

On ne rit pas jusqu'à la page 24.

BÉLISE

Ah ! chimères ! ce sont des chimères, dit-on.
Chimères, moi ! vraiment, chimères est fort bon !
Je me réjouis fort de chimères, mes frères ;
Et je ne savois pas que j'eusse des chimères.

On rit parce qu'on voit que Bélise est bien persuadée de son affaire qui est évidemment fausse aux yeux du spectateur, elle est donc très ridicule. Elle plaisante ses frères au sujet sur lequel elle doit, seule, être plaisantée.

Ridicule bien du sujet. Bélise s'attache aux mots en vraie pédante au lieu de comprendre la chose. Cela pourait être bien autrement développé. La nature qui, ordinairement, est plus froide que l'art donne une leçon à Molière.

Beauzée en rentrant de l'Académie française au logement qu'il avait aux Invalides, trouve l'amant de sa femme qui était avec elle sur un canapé dans la position la moins équivoque. Celui-ci, qui était Allemand, dit à la femme : « Quand je vous disais qu'il était temps que je m'en aille. — Que je m'en allasse, Monsieur[1], » dit Beauzée.

SCÈNE IV

CHRYSALE, ARISTE

ARISTE

Mon frère, il n'est pas mal d'avoir son agrément,
Allons...

CHRYSALE

Vous moquez-vous ? il n'est pas nécessaire.

Déraison d'un bon petit sanguin de cinquante-cinq ans.

Cette scène est probante, prouve le caractère, mais ne fait nullement rire. Avant de traiter un sujet il faut faire la liste des scènes divisées :

1° En probantes.

2° En comiques où l'on rit, et à côté, le nom du personnage duquel on rit.

SCÈNE VI

PHILAMINTE, BÉLISE, CHRYSALE, MARTINE

CHRYSALE (se tournant vers Martine).

Aussi fais-je. Oui, ma femme avec raison vous chasse,
Coquine, et votre crime est indigne de grâce.

Prouve le caractère.

MARTINE

Qu'est-ce donc que j'ai fait ?

[1] Nicolas Beauzée, grammairien, de l'Académie française, né à Verdun 9 mai 1717; mort à Paris, 25 janvier 1789.

CHRYSALE (bas).
> Ma foi, je ne sais pas.

On rit du sanguin homme faible. Philaminte est bilieuse. Comédie fondée solidement sur les principes médicaux des tempéraments. On dira que je vois cela avec des yeux de commentateur. Mais du moins Molière est parfaitement conforme à cette règle.

PHILAMINTE

> Elle a, d'une insolence à nulle autre pareille,
> Après trente leçons, insulté mon oreille
> Par l'impropriété d'un mot sauvage et bas
> Qu'en termes décisifs condamne Vaugelas.

Une des grandes scènes de l'ouvrage, beau trait de caractère, mais qui ne me fait pas rire, pourquoi ? M. Crozet. Ce qui nuit beaucoup au comique, c'est que c'est trop long, cette longueur donne le temps d'apercevoir l'invraisemblance. Cette scène est complètement invraisemblable, on fait ressortir la faute d'une fille qui s'est servie d'un mot *impropre* et elle parle patois pendant toute la scène. A quel propos donc ce scandale pour un mot ? Je proposerais de remplacer cette scène par celle d'une servante qui se présenterait pour entrer dans la maison et qu'on ne recevrait pas parce qu'elle manquerait à parler Vaugelas : On lui donnerait d'ailleurs les meilleurs répondants; Chrysale en voudrait, Bélise jouerait le pédant comme elle le fait et s'efforcerait de voir si on ne pourrait pas en tirer parti pour le beau langage.

ACTE III

SCÈNE PREMIÈRE
PHILAMINTE, ARMANDE, BÉLISE, TRISSOTIN LÉPINE

PHILAMINTE
Pour me le rendre cher, il suffit de son père

TRISSOTIN
Votre approbation lui peut servir de mère.

Excellent ridicule de précieuse. On voit bien dans ces deux vers la nuance du maître à l'écolière.

SCÈNE II
HENRIETTE, PHILAMINTE, BÉLISE, ARMANDE TRISSOTIN, LÉPINE

BÉLISE
Et qu'elle vient d'avoir, du point fixe, écarté
Ce que nous appelons centre de gravité ?

Vrai ridicule des savans.

TRISSOTIN
Bien lui prend de n'être pas de verre.

Ce mot me rend fades les femmes assez bêtes. C'est peut-être une de ces nuances trop délicates, pour ne pas vieillir d'un siècle à l'autre.

Peut-être la plaisanterie de Mme Janna (mémoires de Collé) paraîtra-t-elle peu piquante en 1913.

PHILAMINTE

J'aime *superbement* et *magnifiquement* ;
Ces deux adverbes joints font admirablement.

Cette scène est très vraie, mais elle est fade pour moi. Je ne me sens nulle envie d'écouter ce tas de bêtes.

PHILAMINTE

Ce *quoi qu'on die* en dit beaucoup plus qu'il me semble.
Je ne sais pas, pour moi, si chacun me ressemble,
Mais j'entends là-dessous un million de mots.

Philaminte trouve un vrai plaisir à cela, elle a tort comme littérateur, mais elle a raison comme suivant ce premier penchant de l'homme : chercher le bonheur.

PHILAMINTE

De mille doux frissons vous vous sentez saisir

Idem.

TRISSOTIN

Peut-être que mes vers importunent madame.

HENRIETTE

Point je n'écoute pas.

Excellent, on rit de la mine de Battiste cadet.

PHILAMINTE

Ah ! *ma Laïs !* voilà de l'érudition.

BÉLISE

L'enveloppe est jolie, et vaut un million.

Que cela est fade pour moi ! Je sortirais sur le champ d'une maison où je trouverais des bécasses de cette force.

BÉLISE

Voilà qui se décline, *ma rente, de ma rente, à ma rente,*

TRISSOTIN (à Philaminte).

Si vous vouliez de vous nous montrer quelque chose,
A notre tour aussi nous pourrions admirer.

Traits excellents dans le genre peignant. Un vers vous montre la fatalité de la science des pédans, un autre vers toute leur politique.

BÉLISE

Mais le vide à souffrir me semble difficile,
Et je goûte bien mieux la matière subtile.

TRISSOTIN

Descartes, pour l'aimant, donne fort dans mon sens.

Tournure qui peint parfaitement l'orgueil du pédant. On retrouve cela dans *La Nature* dans les articles de M. Aman, aux moniteurs de cette année. Ils sont pleins de *je* et *moi, mon,* etc., cela développé dans le caractère de Ichmicher. Sa vivacité en *speaking of the revenue of B.*

PHILAMINTE

Pour moi, sans me flatter, j'en ai déjà fait une ;
Et j'ai vu clairement des hommes dans la lune.

Cela est si bête, que les personnages deviennent fades pour moi, comme je l'ai déjà observé. Je ne puis plus recueillir de ridicule sur eux.

PHILAMINTE

Mais aux stoïciens je donne l'avantage,
Et je ne trouve rien de si beau que leur sage

Bilieuse.

TRISSOTIN

Ils ne sauroient manquer d'être tous beaux et sages.

ARMANDE

Nous serons, par nos lois, les juges des ouvrages ;

A le mérite de peindre à la fois l'orgueil et le vide de puissance des pédans, et combien il est heureux qu'ils n'aient pas de puissance.

ARMANDE

Par nos lois, prose et vers, tout nous sera soumis :
Nul n'aura de l'esprit, hors nous et nos amis.

Vers excellent mais qui avait besoin d'être amené. Ici les personnages sont assez passionnés pour le dire. Sans cela il serait du ton du pamphlet, où les personnages disent d'eux-mêmes le mal qu'on en pense. C'est pour n'avoir pas fait cette distinction que Voltaire est si médiocre dans la comédie. Mais aussi quel pamphlet est supérieur à la diatribe du Docteur Akakia.

Dans le poème épique c'est le poète qui parle, il se montre. Il doit être tout à fait caché dans le poème dramatique. Le pamphlet est *sulondeux* [sic !]. Il est fondé sur une absurdité, mais il plaît, il fait naître le rire fou. Ses traits sont une espèce de plaisanterie. Voyez la définition de ce mot.

SCÈNE III

PHILAMINTE, BÉLISE, ARMANDE, HENRIETTE
TRISSOTIN, LÉPINE

LÉPINE (à Trissotin).

Monsieur, un homme est là qui veut parler à vous ;
Il est vêtu de noir, et parle d'un ton doux.

Commission, qualité qu'on trouve dans Molière comme dans tous les grands écrivains. De *noir*, d'un *ton doux*, vérité de la peinture, heureux mélanges des petites circonstances et des plus profondément observées. Le ton doux est de tous les siècles. *L'habit noir* une habitude du siècle de l'auteur.

SCÈNE IV

PHILAMINTE, BÉLISE, ARMANDE, HENRIETTE

PHILAMINTE (à Armande et à Bélise).

Faisons bien les honneurs au moins de notre esprit.

Petitesse de ces sottes-là.

SCÈNE V

TRISSOTIN, VADIUS, PHILAMINTE, BÉLISE
ARMANDE, HENRIETTE

PHILAMINTE

Que, pour l'amour du grec, monsieur, on vous embrasse.

HENRIETTE (à Vadius qui veut aussi l'embrasser).

Excusez-moi, monsieur, je n'entends pas le grec.

Bonne plaisanterie qui ne serait jamais venue à *Myself*.

VADIUS
Voici de petits vers pour de jeunes amants,
Sur quoi je voudrois bien avoir vos sentiments

Supérieurement écrit, emporté avec la force du Titien.
Les pédans ont si peu de tact que [je] ne doute nullement
que le trait ne soit dans *La Nature*. (Me rappeler M. de
Cassini chez Mme Michaud en 1806.)

TRISSOTIN
En carrosse doré vous iriez par les rues.

VADIUS
On verroit le public vous dresser des statues.

On rit de voir ces deux animaux se louer.

VADIUS
Hom ! c'est une ballade, et je veux que tout net
Vous m'en...

TRISSOTIN (à Vadius).
Avez-vous vu certain petit sonnet ?

Excellente interruption. Grossièreté produite par
l'amour, par l'amour-propre des Scagliotti et Compagnie.

VADIUS
Non ; mais je sais fort bien
Qu'à ne le point flatter, son sonnet ne vaut rien.

TRISSOTIN
Beaucoup de gens pourtant le trouvent admirable.

On rit de la mine de Battiste cadet.

VADIUS
Me préserve le ciel d'en faire de semblables !

TRISSOTIN

Je soutiens qu'on ne peut en faire de meilleur ;
Et ma grande raison, c'est que j'en suis l'auteur.

Pour ce vers il me semble tout à fait du genre du pamphlet, et il est sans excuse. Comme dit Grimm sur l'Ecossaise, c'était à Henriette à faire apporter cette plaisanterie. Elle aurait un grand succès au théâtre. Altérerait-elle le grandiose de la pièce ?

(Tout ce commentaire est juste, mais je sens en le faisant qu'il est bien commun. Cela ne vaut presque pas la peine d'être dit. Mais c'est une étude et pour me mettre en train après la campagne de Moscou et quinze mois d'interruption.)

SCÈNE VIII

CHRYSALE, ARISTE, CLITANDRE, HENRIETTE ARMANDE

CHRYSALE (à Henriette, lui présentant Clitandre).

Allons, ma fille, il faut approuver mon dessein.

Enfin l'intrigue se réchauffe, il est clair qu'il va y avoir bataille. La dispute ne fait pas rire, mais elle amuse, elle a moins de vétusté[1].

---

[1] Ce dernier mot ne se trouve pas dans le *Molière* appartenant à M. de Spoelberch ; il est dans le manuscrit de Grenoble.

ACTE IV

SCÈNE PREMIÈRE
PHILAMINTE, ARMANDE

ARMANDE
Et ce petit monsieur en use étrangement
De vouloir malgré vous devenir votre gendre.

Armande devient odieuse.

SCÈNE II
CLITANDRE, ARMANDE, PHILAMINTE

ARMANDE
Ce n'est qu'à l'esprit seul que vont tous les transports,
Et l'on ne s'aperçoit jamais qu'on ait un corps.

Ridicule de l'amour platonique exposé.

CLITANDRE
Il n'est plus temps, madame ; une autre a pris la place ;
Et, par un tel retour, j'aurois mauvaise grâce
De maltraiter l'asile et blesser les bontés
Où je me suis sauvé de toute vos fiertés.

Quelle humiliation pour Armande.

SCÈNE VI
ARMANDE, CLITANDRE

ARMANDE
Oui ; je vais vous servir de toute ma puissance.

CLITANDRE
Et ce service est sûr de ma reconnoissance

On ne rit point. Clitandre pourrait lui camper deux ou trois bonnes plaisanteries.

ACTE V

SCÈNE PREMIÈRE
HENRIETTE, TRISSOTIN

TRISSOTIN
Un tel discours n'a rien dont je sois altéré,
A tous événements le sage est préparé.

Voilà qui achève de peindre le cuistre ; l'on rit un peu à   mais, par méprise, on ne rit point dans la scène qui me semble manquer encore de vivacité.

SCÈNE II

CHRYSALE
Ouais ! qu'est-ce donc que ceci ?
Je vous trouve plaisante à me parler ainsi ;

Voilà bien le faux brave.
Voilà qui peint bien le pédantisme qui aime les choses anciennes sans raison et conséquemment parce qu'elles sont anciennes.

SCÈNE III

PHILAMINTE, BÉLISE, ARMANDE, TRISSOTIN
Un Notaire, CHRYSALE, CLITANDRE
HENRIETTE, MARTINE

MARTINE

Un mari qui n'ait point d'autre livre que moi,
Qui ne sache A ne B, n'en déplaise à madame,
Et ne soit, en un mot, docteur que pour sa femme.

Jette quelque chaleur dans cette scène, mais c'est que son impertinence étonne. Cela est tout à fait hors de nos mœurs.

CHRYSALE

Voilà dans cette affaire un accommodement.

A Henriette et à Clitandre.

Voyez ; y donnez-vous votre consentement ?

Nouveau et excellent trait de faiblesse, cela peint bien mais ne fait pas rire.

SCÈNE IV

ARISTE, CHRYSALE, PHILAMINTE
BÉLISE, HENRIETTE. ARMANDE, TRISSOTIN
Un Notaire, CLITANDRE, MARTINE

PHILAMINTE

Et, perdant toute chose, à soi-même il se reste,
Achevons notre affaire, et quittez votre ennui

Ici Molière abandonne sa thèse et montre que la science sert à quelque chose aux femmes puisqu'elle les empêche d'être malheureuses en un si grand revers.

Le dénoûment ne sort nullement du sujet. C'est le dénoûment de l'*homme avide.*
Et pour nous et pour lui est même sublime.

SCÈNE V

ARISTE, CHRYSALE, PHILAMINTE, BÉLISE ARMANDE, HENRIETTE, CLITANDRE Un Notaire, MARTINE

CHRYSALE (à Clitandre).

Je le savois bien, moi, que vous l'épouseriez.

CHRYSALE (au notaire).

Allons, monsieur, suivez l'ordre que j'ai prescrit,
Et faites le contrat ainsi que je l'ai dit.

Derniers et excellents traits de la faiblesse du petit vieillard sanguin. On en rit.

———

RÉFLEXIONS GÉNÉRALES

Ce qu'il y a de moins bon dans cette pièce, ce sont les caractères des trois femmes savantes. Encore à proprement parler il n'y en a que deux. Bélise n'est que frottée de ce ridicule, celui qui lui appartient en propre est de croire tous les hommes amoureux d'elle.

La peinture de la femme impérieuse occupe la plus grande partie du rôle de Philaminte; celle de Tartuffe jouant, par orgueil, l'amour platonique remplit aussi les deux tiers des vers que dit Armande.

Il n'y a de grandes scènes du caractère annoncé que celle de la Sutane, et celle du renvoi de Martine. Je suis étonné que cette seconde scène ne me fasse pas rire davantage.

La scène de raillerie intéresse l'esprit, la dispute donne ce genre de plaisir qui fait que vous ouvrez votre croisée pour voir deux chiens qui se pillent dans la rue.

La pièce est supérieurement écrite. Trois ou quatre morceaux me semblent même parfaits, mais il me paraît aussi qu'elle est trop dénuée de plaisanteries.

Ce genre d'ornement aurait fait rire et donné plus de vivacité à la pièce. Son grand défaut, à mes yeux, est de manquer de cette vivacité dont le *Barbier de Séville* et le premier acte du *Médecin malgré lui* sont des modèles.

Le caractère le mieux peint est celui de l'homme faible. Ce qu'il y a de remarquable c'est que la peinture est complète et qu'elle est donnée au moyen d'un nombre de vers extrêmement petit. Je n'ai trouvé autant de concision dans aucun autre caractère de comédie.

Clitandre et Henriette sont froids. Le dénouement est vicieux, comme n'appartenant point au sujet. C'est un dénouement applicable à tous les mariages de convenance. Trissotin se conduit comme feraient les deux tiers des hommes ; il est ridicule comme ayant été obligé de jouer la passion.

Le sujet des *Femmes savantes* me semble raté, mais c'est le rat du grand maître. Le tems, peut-être, l'a traité comme les tableaux du Tintoret à Venise, a trop abaissé les personnages ridicules. Il m'est impossible de rire des personnages que je méprise trop décidément. On ne rit pas de Sosie lui-même. Sosie est une parabole ; on rit des gens lâches dont il nous découvre les mouvements. D'ailleurs, Sosie est plein d'esprit. Cet esprit réveille, intéresse (a [ex. ce paradoxe]). Chrysale et les trois femmes savantes sont pour moi dans ce cas. J'aurais eu du plaisir à voir trois ou quatre plaisanteries piquantes tomber sur cette Tartuffe d'Armande.

Grand défaut. Les femmes savantes ne sont point désappointées dans l'effet qu'elles croient produire dans le monde, au moyen des prétendues connaissances qu'elles ont en littérature, en physique et en morale. Voilà le vice radical de la pièce. Que ces femmes croient tenir un rang distingué dans le monde, et qu'il y ait de l'ambition dans leur cœur (l'amour des avantages extérieurs dans la société, le désir d'être distingué des autres hommes), c'est ce qui est prouvé par plusieurs vers de la pièce.

Le Sexe aussi, page 49.
Quelque bruit, page 64.

Le gros du public admire un grand dessein, mais ce grand dessein manque son objet, et des scènes qui, étant un peu faibles pour nous, sont bien intelligibles pour lui. Quant à moi, cette pièce m'ennuie, et il me semble que la plus grande partie du peu d'effet qu'elle produit vient du stile qu'on peut presque dire parfait. Je suis convaincu que la vie privée de Mme Dacier donnait des traits plus forts que ceux de la pièce.

Voir le jugement du P. Rapin rapporté par Geoffroy, feuilleton du 2 novembre ou du 3, et celui de Bussy Rabutin, je crois, dans le recueil des lettres de ce dernier. Ce jugement que Geoffroy n'a pas l'air de trop approuver est assez conforme au mien.

Sur chaque pièce de Molière, tâchez d'avoir le jugement des contemporains, quand même ils ne vaudraient rien, on y aperçoit toujours de quelle hauteur l'écrivain s'est élancé. Se rappeler toujours dans les arts que si Cimabue fût né de nos jours, sans doute il eût été très supérieur à David quoique les tableaux de ce dernier valent infiniment mieux que ceux de Cimabue.

Hier, au théâtre, je me suis fait cette question : quelle est la plus forte passion des femmes ? inspirer de l'amour aux hommes. Admettons dans la tête d'une femme un seul grain de folie qui consiste dans ce raisonnement.

La science est estimée des hommes, donc un moyen de les rendre amoureux est de se faire savante.

Peindre une femme voulant plaire à son amant à force de savoir pédantesque. Elle n'est pas mal, cet homme l'aimait, mais à force de l'accabler de pédanterie, elle parvient à le dégoûter. Ce personnage, dont je n'avais pas dans ce moment toutes les modifications possibles, parce que je pense à Gênes et au départ, me semble, en gros, pouvoir être bien comique. Ce qui contribue beaucoup à rendre ennuyeuses les femmes savantes de Molière, c'est qu'elles sont bien froides n'ayant pas du tout d'amour. Si cette passion trouve le moyen de se glisser même avec la dévotion sincère, à combien plus forte raison ne se mettra-t-elle pas avec la science.

Placer dans la société des femmes savantes, le goujon que ces sortes de filets prennent naturellement, un très jeune poète provincial, très enthousiaste.

Ce caractère n'est pas rare à Paris. Piron arrivant de Dijon ou Malfilâtre ou Crébillon. J'ai un exemple dans ce fou de Dalban.

On pourrait mettre aussi dans cette comédie quelques rognures de celles de journalistes, comme les femmes savantes fesant faire un article à leur guise, dictant de quelque manière ridicule les jugements du journaliste.

Et quelques rognures de l'homme de lettres, les femmes savantes intrigant pour donner une place à l'Institut.

Il y a des arts qui pour avoir un langage ont besoin d'admettre une certaine quantité de fausseté. Par exemple, les ballets de Vigano supposent que toutes les fois qu'on a

une passion, un désir, on l'exprime par des signes extérieurs, autres que la physionomie, très forts. Cela seul
fait que le ballet peut peindre très peu de passions, et
encore très grossièrement.

De même, dans la peinture, il faut que les saints ayent
toujours leur costume, par exemple comme dans le
tableau de Tintoret que je voyais hier matin, les saintes
qui ont été Reines ont toujours la couronne sur la tête.

Dès qu'en peinture on emploie des signes faux, il convient que le sublime de l'expression croisse dans le même
degré de pureté. Le portrait de M. Lebrun, exécuté
quant aux accessoires par Basche, me semble ridicule
par cela. Il y a de la fausseté à ce qu'il soit environné de
tout ce qu'il était, étant en simple habit, et avec l'expression de la bonhomie. L'extrême de ce genre c'est la sta-
tue avec des personnages vivants telle que celle de l'Empereur par Canova.

TABLE

ACHEVÉ D'IMPRIMER

POUR MONSIEUR HENRI CORDIER

LE 6 MAI 1898

PAR CHARLES HÉRISSEY
D'ÉVREUX